更好的阅读

死 刑 に い た る 病

死刑之病

［日］栉木理宇 著　蔡东辉 译

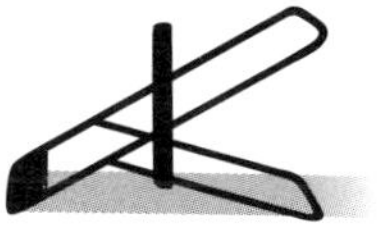

北京联合出版公司
Beijing United Publishing Co.,Ltd.

图书在版编目（CIP）数据

死刑之病 /（日）栉木理宇著；蔡东辉译 . -- 北京：北京联合出版公司，2024. 9. -- ISBN 978-7-5596-7890-4

Ⅰ. I313.45

中国国家版本馆 CIP 数据核字第 2024HV6842 号

北京市版权局著作权合同登记　图字：01-2024-4490 号

死刑之病

作　　者：[日] 栉木理宇
译　　者：蔡东辉
出 品 人：赵红仕
责任编辑：孙志文

北京联合出版公司出版
（北京市西城区德外大街 83 号楼 9 层 100088）
三河市中晟雅豪印务有限公司印刷　新华书店经销
字数 177 千字　880 毫米 ×1230 毫米　1/32　印张 9.5
2024 年 9 月第 1 版　2024 年 9 月第 1 次印刷
ISBN 978-7-5596-7890-4
定价：52.00 元

绝望是致命的疾病。

——克尔恺郭尔

我是你的病。

——寺山修司《疫病旅行记》

序章

交通灯一转绿，人潮便瞬间涌动。

正值午饭时间，成群结队的上班族走出写字楼，和附近专科大学的学生、结束购物的情侣、交完班的店员一起，到大街上吃午饭和休息。

走过宽阔的天桥，前面就是门店林立的饮食街。

饮食街上有麦当劳、罗多伦、赛百味等连锁快餐店，便宜大碗的套餐店，最近在杂志上广受好评的咖啡店，还有拉面馆、牛肉盖饭店、家庭餐馆等。人们组成长长的队伍，军队般整整齐齐地走上天桥，向饮食街走去。

似乎是逆着人流的方向，下天桥的地方立着一个孤零零的人影。

他面向人群，眼神空洞，微微失焦的双眸紧盯着的不是眼前的现实，而是遥远的记忆。

“今天吃点什么呢？”

“当然是赛百味啦！鲜虾鳄梨那个。”

“又吃这个？看来你是真的喜欢。”

“吃面包有点腻，想吃美仕唐纳滋的茶点。”

几个刚下班的女上班族大声说笑着经过，叽叽喳喳的声音丝毫没有进入他的耳朵。只有“那天”的“那个声音”像蜜蜂一样不停在耳膜深处嗡嗡作响。

“你选就好了。”

“快选吧！你有这个权利。”

“不管你怎么选，我都听你的。”

他的声音总是甜甜的，满含温柔。

这个声音再也不会听到了。我明白。可他的声音、他说过的话却依旧在我的脑海中萦绕，永远也不会停歇。

这辈子都忘不掉他了——我越发确信。我注定要追随他的幻影，一事无成地度过后半生。我是一名囚徒，一名狼狈不堪的囚徒，我所背负的罪名如石头般冰冷且坚硬。

我已经没有获得幸福的资格。那个时候就失去了。一切都失去了。

所以我哪儿也去不了。不管过去多少年，回过神来我又回到了这里。那时他说“你选就好了”，就在这里。

然后我选了。不为了谁，只是为了保护自己。可那个声音、那些话却阴魂不散地缠绕着我。

——这样啊。

——我知道了，再见。

——以后应该不会再见了吧，好好保重。

这就是惩罚。我背叛了我本该保护的人。这个伤口一生也无法愈合，只会慢慢化脓，然后悄无声息地一步步坏死。

我曾无数次祈祷，希望能回到那天的那个地方，可一切都是徒劳。

眼角逐渐湿润，心口腾起的热意如石头般哽在喉头，严严实实地堵住呼吸。

我忍住一涌而上的呜咽，手捂着脸。

人们带着笑容大步流星地走在街上。温暾的风缓缓吹过。

近似蚁群的人流中，只有我的立足之处仿佛被孤零零地一刀切走了，只留下黑暗、深邃和无尽的孤独。

第一章

1

“喂，笕井。”

听见背后有人叫，笕井雅也缓缓回头。

——这家伙是谁来着？

雅也诧异地看着眼前的男大学生。身着爆款针织开衫、休闲裤，肩上挎着廉价手提袋，袋子里露出半截活页笔记本，典型的量产型大学生。不过度打扮，也绝不脱离大众的毫无个性的家伙。

“今天课题组的同学聚餐，你也来吗？”

这个他连名字都想不起来的量产型学生皮笑肉不笑地说。

“啊，嗯……”雅也吞吞吐吐地说，“不了吧，我就不去了。”

“哦，难道已经有约了？”

“呃……嗯，是……”

“好啊，抱歉。”

脸上挂着笑容的学生走开了，雅也仍旧没想起来他叫什么。那人刚转身走开，背后就传来低声的絮语。

“我的天，你怎么叫他啊？”

“好歹也算是同一个课题组的嘛。”

“他竟然会说话，之前还真没听到过。”

“没想到吧？他刚刚就这样‘啊，嗯……呃……’。”

带着恶意和嘲讽的模仿后面紧跟着一阵大笑，他们似乎完全不介意还在附近的雅也是否会听到，或者说就是故意要让他听到。

雅也嗤之以鼻。

一群无聊的家伙，吃饱了撑的，只会玩这种低级把戏。参加他们的聚会完全是白瞎钱。廉价居酒屋里招人厌恶的哄闹声、酒精和二手烟的气味，他光想想就头疼。

两年前，刚上大学那会儿，因为不好意思直接拒绝，雅也没少受折腾。

禁止酒精骚扰都喊了这么多年，竟然还有人搞强行劝酒那一套。不知道是哪个家伙想出来的什么“一口闷”，开什么玩笑。聚会上的话题则永远离不开那几个，聊女人、吐槽教授、对不情不愿参加的后辈进行堂而皇之的性骚扰和胁迫。

甚至有家伙还游走在法律边缘，往酒里下药，企图灌晕那些懵懂无知的女大学生。还有家伙厚颜无耻地将自己的出租屋称作是“学长的快乐屋”。不愧是“野鸡大学”，全是些下流的贱骨头。

“那些家伙能不能都快点去死啊！”雅也嘀咕道。

政府应该对成年人统一进行智力排查，不到平均分的家伙就直接处理。日本国力本来就在衰弱，现在正是出台优生保护法的时候，怎么能把有限的资源分配给那些蠢货？没这道理。空气这么珍贵的东西，多给他们吸两口都令人火大。

雅也走在校园里，头也不回地走过带有露台的学生食堂。

他几乎从不去食堂。

似乎是长这么大了还没法独立进食，学生们老是喜欢结伴去食堂。他们三五成群地出现在食堂里，强行将桌子拼到一起，张开大嘴边咀嚼食物边说话，然后莫名其妙地哈哈大笑。

而雅也这种一个人吃饭的学生则被他们嘲为“独狗”。

有一段时间盛传“有学生受不了他人异样的眼光，把自己关在厕所的隔间吃便当、啃面包”，雅也原以为不过是个都市传说，直到有一天看到有学生坐在没人的消防楼梯上吃着便利店买来的便当……

一个微胖的学生在没有窗户、无人打扫、满地都是飞虫尸体的消防楼梯上大口扒拉着便当。雅也不禁加快脚步，迅速离开。在那之后的几天里，那个学生的样子就像是烙在了他的视网膜上，挥之不去。

为什么人要为孤独感到羞耻呢？他不得其解。不在乎不就好了吗？喜欢结党连群的都是低等生物，我和那些家伙不是一个等级的。堂堂正正地挺起胸膛不就好了吗？

雅也曾经多次假装是本校学生潜入当初梦想的那所大学。不仅听了课，还去了食堂和图书馆。

那里自然也有成群结队、大吵大闹的家伙，莫名其妙地大声唱着歌、戏弄路过女生的家伙也一个不少。

可是有三成以上的学生都是独自悠闲地走在路上，独自吃饭，独自行动，没有任何人用异样的眼光看待他们。

雅也心想：你看吧！你看吧！真正奇怪的是那些在意别人眼光、嘲笑别人“独狗”、一见面就聊八卦的家伙。果然是低等学生的鬼样。

明明是私立大学里垫底的学生，却大摇大摆地走在路上，俨然是一副“老子天下第一”的派头，真是令人发笑。找工作的时候叫苦连天，却拿着父母的钱又是参加聚会又是嚷嚷着要留学。明明只是个对别人的评价极度敏感的人渣，只关心性爱与外在的低能儿。

雅也一边走一边嘴里念念有词。

靠在食堂墙上抽烟的学生突然出现在眼前。

学校禁烟，教室和讲堂都不允许抽烟，食堂自然也不例外。要抽的话只能走到室外，围着定点烟灰缸过把瘾。烟灰缸里已经装满了烟头，眼看就要溢出来了。

从他们身边经过时，雅也习惯性地屏住呼吸，避免吸到二手烟。

“烦死了……两点的时候已经输了三万日元，那家店的机子是真不行啊。”

“明知道不行还去？”

“还不是因为车站前面那家不让我进了！唉，当时不该运气不好就捶机器的。”

“你傻吧？捶两下机器一般不会不让进的，我之前有段时间老是不走运，不仅踢了还对着玻璃吐口水呢。”

应该是在说老虎机什么的吧。伴随着卑劣的哄笑，雅也快步走过那一堆突突冒烟的“烟囱”。

离开几米后，他长长地吐了一口气，闻到沾在头发上的尼古丁味道后又不自觉地皱起眉头。

确认周围没人能听到后，他发出响亮的咂舌声。

就连头顶的蓝天现在也只会令他感到心烦。耀眼的阳光、碧绿的草坪，周遭的一切都让他感到烦闷。

刚入学时，雅也下定决心要通过考试在大三那年转到自己梦想的国立大学。

可大一暑假还没到，这份决心就崩塌了。

其中很大一部分原因是周围的环境太糟糕了。

身边的同学全是今朝有酒今朝醉的态度，信口雌黄地说些什么“马上就要当‘社畜’啦，再不好好玩一把可就亏了”。他们自己经常逃课就算了，还嘲笑认真上课的人，一遇到雅也这样老实本分的人就毫不客气地搂着肩膀说：“替我签下到呗，帮我记份笔记……”

全是因为大学招生越来越多了，雅也恨得咬牙切齿。

换作以前，这种垃圾还想上大学？做梦！高中一毕业就得被赶进附近的工厂里，纵使有多大脾气也给你磨平了，要么就是还没来得及钻出娘胎就被处理掉了。

入学后，雅也很快就受到了他们的“洗礼”。

被他们强行带去聚会，被灌酒，若是拒绝则屁股少不了要挨踢，还要被骂“真他妈扫兴”“能不能有点眼力见儿”。等去厕所吐完回来，钱包早就不翼而飞。

“女生就算了吧。”

钱包里面的钱都被他们拿去捧女人的臭脚了。

雅也当月的生活费尽失，不得不挪用从小哼哧哼哧积攒下来的存款付房租、填肚子。

同样的苦头吃了两次后，雅也开始想尽办法逃避他们的局。

他甚至想过要不要找心疼孙子的奶奶诉苦，要一些零花钱，又担心奶奶告诉爸爸，只好作罢。父亲强势又啰唆，雅也向来唯恐避之不及。

但其实，一开始的时候他还是有所期待的。比如通过聚会交朋友，或者和女孩子熟络起来。结果一败涂地。

没有任何人想要和他交换联系方式，甚至与坐在旁边的人也没有任何交流，就连一句“你想喝什么”的询问，他也得不到。在所有聚会里，他不是空气，就是钱包。

没有风，却不知从哪儿飘来一股花香。不知不觉间，他竟走到了大学的后门。

“笕井同学？”

背后有人小声叫道。

声音怯生生的，很是温柔，和刚才遇见的男学生正好相反。雅也停住，隔着中间的行人回头看去。

眼前站着一位女学生：身材娇小，身穿棋盘格的衬衣连衣裙，胸前抱着文件夹。小巧的身材与又黑又亮、水汪汪的大眼睛让人不禁想到小兔子。

——是加纳。

他眯起眼睛。

加纳灯里，义务教育时期同过三年班的女同学。

没想到竟然和她在大学相遇，雅也苦笑。背井离乡，而且是这种野鸡大学。

“刚下课吗？”灯里问。

雅也点头。

“嗯，税务理论，白川老师的。”

“这样啊。”

灯里怯懦地微笑。见她这样，雅也顿时不耐烦。

——唉，在外人看来，我和这家伙完全是一个级别啊。

现实再一次刺破苦胆。

加纳灯里跟他是小学三、四年级和初中二年级的同班同学。女生似乎都很喜欢她，男生却经常欺负她，说她“笨手笨脚”“老是笑嘻嘻的，好恶心”。

雅也当时则是班长。

学习好，运动神经发达，知道怎么招大人喜欢，小学和中学都是典型的优等生。于是作为班上的代表人物，他对“笨手笨脚”且“恶心”的灯里也一视同仁，表现得非常友善。

事到如今，雅也心知肚明，那不过是胜利者的怜悯而已。

当时的雅也相信自己会一直赢下去，从未有过半点怀疑。

——在她眼中，我还是当时的我吗？

老实说，满脸通红地盯着自己的灯里很是令人不快。

雅也早已卸下优等生的伪装。现在的他只是一位“不情不愿地上着野鸡大学的三流大学生”。灯里眼中的自己还保留着当时的光环吗？

就算留着也开心不起来，倒是更凄惨了。

小学时，灯里是他不屑一顾的对象，现在他们却是一样的境况了，他感到羞愧，甚至是屈辱。

但他很快意识到自己的错误，不禁自嘲：

“一样？不管怎么看，你现在也不如人家好吧。”

加纳灯里在大学似乎混得不错，朋友多，积极参加社团活动。不仅如此，雅也偶然间听说她还参加了志愿活动，投出去的简历也收到了相当不错的回复。小学时，她考试往往只能得五六十分，雅也总是暗自冷笑：“哼，连公立小学的考试都拿不到八十分，真是没救了。”

雅也突然回过神来，发现眼前的灯里惴惴不安地站着，一副无所适从的样子。

完蛋，沉浸在自己的世界里了。也许是心理作用，化了淡妆的灯里脸上像是没了血色。

“我说……”雅也迷迷糊糊地说。

“啊？嗯。”

灯里肩膀一抖。

“……我赶着回去吃饭，没什么事的话我先走了。”

声音干巴得令自己都意外。

灯里慌张地闪到一旁。

“对，对不起。”

“没事。”

雅也摇摇头，擦着她的肩径直离开。

他感觉后背仍有视线。烦死了。灯里令他恼火，她的存在本身就是一种无言的提醒，让他不断想起“过去的荣光”。痛苦的回忆、对待灯里的冷漠态度以及随之而来的些许内疚，无不令他感到厌恶与烦闷。

他加快脚步，想赶紧甩开。

“嘁，这女的……”他暗骂，“这女的吃饱了撑的吧，没事找我干吗，装什么好人！野鸡大学的低能儿罢了，以为自己是谁呢。难不成觉得自己逆袭了过来可怜我？

“背后没少嘲笑我吧？堂堂神童，到了二十岁也不过是个普通人——她肯定是这么想的。在朋友和社团同学面前，估计也没少拿我做茶余饭后的谈资说些有的没的吧？肯定是这样！”

雅也无声痛骂。不这么做的话，莫名的情绪便要将他淹没。

雅也目不斜视地走着。

他头也不回地穿过几个十字路口，径直经过便利店，抬头发现自己已到公寓前。

这个住处距离大学步行十五分钟，中午他一般顺路在便利店或便当铺随便买点什么，或是用前一天晚上的剩饭简单对付。

这栋木制公寓建成已有二十多年，复式结构的单间要价六万五千日元。房租偏贵，因为是端头房，而且卫浴间勉强算是做了干湿分离。

爬上扶手布满红锈的外挂式楼梯，钥匙插入“203室”的门锁，合页吱呀一声，门朝里打开。

雅也眯起眼睛。

像是邮递员来过了，水泥玄关上落着一封信。捡起来才发现竟装着厚厚一沓。

信封上是爸爸的字迹。打开后，里面还装着另外一封。

应该是把寄到家里的信原封不动转寄了过来。不是邮寄广告，而是一封手写信。

——会是谁呢?

雅也完全想不出来谁会给自己寄私信。现在可是电子邮件和社交软件的时代，即使抛开这一点不论，这几年寄到老家的贺年卡也一封没有。

雅也拾起信封，看了看寄件人地址。

2

那个地方比想象中更加明亮整洁。

首先在大门前台被问：“干什么来的?”雅也回答“接见”后，对方递来一张访客用的胸卡。雅也拿着胸卡愣了一会儿，终于反应过来，将其夹在衬衫胸前的口袋上。

继续往前走，很快又见到一个前台。用胸卡编号和“他”的名字申请，在递来的申请单上填入必要信息。

“一会儿会叫号，请到等候室稍候。”

事务性的声音提醒。

雅也与其他接见者一起走过凉飕飕的长廊。这是他这辈子第一次走过看守所的长廊。

等候室和综合医院的没什么两样。

一排排的长椅，上面挂着一张叫号的电子显示屏。其他申请接见的人没有立马坐下，而是走向旁边的一间礼品店。雅也也不自觉地跟了过去。

他默默观察，有样学样地买了些袜子、内衣裤、牙膏还有两本最新的周刊。

这些都是即将要见面的他想要的。

在长椅上坐下，没多久就听到了自己的号码。按照规定，过不了金属检测仪的手机等物件都提前存进了储物柜里。

雅也被带到一间接见室，在椅子上坐下，继续等候。

那是一个狭小逼仄的屋子，与其说是屋子，倒更像是个匣子。用一面透明隔板隔开的会见台，一张折叠椅，仅此而已。摆设已经超出了简陋的范畴，令人不寒而栗。

从那人出现在眼前到屈身坐下，应该过了一分钟不到。

坐在折叠椅上的人和普通人无异。

一脸平静，举止沉稳，没有任何异样。透明隔板另一侧的他穿着褪色的粗布衬衫。没穿囚服，估计因为是未决犯。

他面容清秀，十指交叉放在柜台上。手指纤细修长，就像钢琴家或艺术家的那样。细鼻梁、长睫毛、棕褐色的眼珠如玻璃般清澈。要是不了解他的所作所为且不是在这种地方见到的话，肯定会觉得他是个“有明星风范的优雅的美男子”。

根据来之前在网络上搜到的资料，他应该已经四十二岁了。也许是因为皮肤白皙紧致，看上去年轻不少。

男人旁边坐着一位身穿制服的管教，握笔低头，似乎要负责做笔录。

雅也咽了一口唾沫，倒不是有什么内容不方便被记下来，他当然没什么好心虚的，但毕竟这是他第一次会见这个男人。

自己没有做任何亏心事，可以对天发誓。

可这一刻，雅也却感到前所未有的紧张。胃里翻江倒海，手上寒毛直竖。

——没关系。这是人之常情，用不着羞愧，况且根本没人看见。除了眼前坐着的这个眼神异常冷静的男人。雅也安慰自己。

他叫榛村大和。

一审被判处死刑，当前正在上诉的未决犯，恐怕还是战后国内最臭名昭著的连环杀手。

隔板另一侧的榛村眯起细长清秀的眼睛：

“好久不见，阿雅。”

输入榛村大和的名字后，电脑屏幕上立即跳出大量的信息：猎奇杀手、连环杀手、秩序型杀人犯、表演型人格障碍、魔鬼、变态、怪物……

五年前，榛村作为二十四起谋杀案的嫌疑人遭到逮捕。

可警方能够立案的只有其中九起。第二年，一审开始，到终审一共花了差不多四年半时间。

惨案发生在关东北部布满菜畦与稻田的农村。受害者大半是年轻人，下至十六岁，上至二十三岁。立案的九起谋杀案，涉及四位少年、四位少女、一位成年女性。

这些人失踪之后都有人报案，但警方认为他们已经达到“可自主失踪的年龄”，视其为非案件性的普通离家出走，没有组织大规模搜寻。

榛村大和被逮捕后，在电视新闻、报纸杂志以及网络上掀起轩然大波，甚至还出版了几本介绍详尽的报告文学，除了案件概要，就连榛村大和的生平经历、为人风格都广为人知。

雅也再一次目不转睛地盯着坐在眼前的男人。

白瓷般光滑的双颊，没有流露一丝感情。说这是凶残的连环杀手究竟谁会相信？

雅也一开始也难以置信。首先，记忆中的这张脸不是什么杀人犯的脸……

“阿雅。”

令人怀念的称呼。他微笑着，很快又摇摇头：“啊，抱歉，已经长大了，不能再这么叫了。雅也……呃……是不是该叫筧井比较好？”

“不用。叫我雅也就好了。”雅也说。态度莫名谦逊。

榛村眨巴几下眼睛，点点头。

“啊，那就……雅也？”

他的动作、声音、笑容，无不令人怀念，在雅也心中激起一种近乎乡愁般的绞痛。

——那会儿应该就是我人生的巅峰了吧。

雅也略感苦涩。

当时他就算不怎么用功，成绩也科科都是满分，每个老师都对他另眼相看，父亲也认为自己的儿子是个人物，并对此坚信不疑。

性格不算积极，但朋友还算多。部分同学叫他“学霸”，冷落他，但整个义务教育阶段，他从未遭受过任何霸凌与排挤。

——噢，他只见过当时的我。

雅也终于意识到这一事实。

——难怪会选择找我。

父亲和奶奶四处宣扬“雅也考进了法学部”，对关键的“考上了哪所大学”却避而不谈。为了维护曾经的神童形象，他们比雅也更上心。真滑稽。

可是……

——榛村最多只见过那会儿，也就是十五岁之前的我的样子。

这一事实让雅也莫名安心。

第一次走进榛村的店是在小学五年级，最后一次则是他即将迈入高中前三月的一个下午。

他依稀记得院子里的白玉兰树上挂满了硕大的花骨朵儿。那是一所配备宿舍的高中，雅也于是借机离开了家里。

“恭喜呀，以后就难见到了。”榛村当时微笑着祝贺，应该还说过“回家了记得来玩哦”之类的话。

记忆中的榛村总是穿白色的衣服、戴着白色的帽子，总是站在玻璃柜后。

温柔的笑容、干净的手和刚出炉的黄油面包的香味……

他是当地知名面包房“Roshell”的店主。直到被逮捕那天，他一直兢兢业业地烤好广受欢迎的丹麦酥、法棍和司康，带着如画般美丽的笑容将它们递到每一位客人手上——用监禁少男少女、残虐后杀害的那双手……

话说……我当时特别喜欢那家店的帕尼尼三明治，夹了培根、生菜和西红柿的BLT[1]三明治也经常买，放了烟熏三文鱼和芝士的三明治也很好吃。在香肠和德式酸泡菜上加了辣味酱的热狗，我也很喜欢。雅也回忆着。

“为了保证口味，我特意在家里盖了手工烤房。”

榛村时常这么说。

他家在偏远的农村地区，从店里开车过去要四十分钟以上。那个地方，十块土地有九块是菜畦或稻田，一共只有六户人家。他买下最边缘的房子，在偌大的院子里盖了烤房与鸡舍。

“可能会有烟味，请您多担待。鸡舍也可能有味道，如果介意，请随时和我说。”

榛村不时带上包装精美的点心跟左邻右舍打招呼。

周围的居民和店里的常客都对他颇具好感。店里也总是挤满了为他而来的女客人。

榛村常常向常客收集意见，按他们的要求增加了水果味的口感香甜的丹麦酥，同时又特意为饱受糖尿病困扰的客人开发了低糖面包。他还专门修改了商品标签，让每一件商品的过敏原一目了然。在任何一个人眼中，他都是在真心实意做生意。

所以，没有一个人怀疑过他。

1　BLT：三个字母分别对应培根、生菜、西红柿的日语发音首字母。——译者注（如无特殊说明，后文均为译者注。）

即使他家中不时传出不同于鸡和鸽子的腥臭味，即使有的日子烤房的烟囱很长时间黑烟滚滚，即使他动不动就挖开院子的土地频繁移植庭木。

周围的人对他充满好感。

有时榛村将音响开得震天响，大家也觉得“没办法，年轻人就是喜欢摇滚什么的闹哄哄的东西”，有人目击过他把年轻人带回家里，也只是付之一笑，调侃说“长得帅就是吃得开啊”。

他的烤房在烧什么、什么东西被切开塞进了大型冰柜里、哪种东西被混在了鸡饲料中，从来没人怀疑过。

直到榛村被逮捕，周围居民才恍然大悟，顿觉天翻地覆。

甚至从他家院子里挖出大量人骨后，人们仍旧对着媒体的麦克风表示：

“怎么会？是谁也不可能是他。”

“肯定是哪里搞错了。”

不仅如此，甚至还有人发起了签名请愿。不仅村民，店铺附近的居民、其他市民也加入进来，共三百多人自愿签名。

外面的人闹得轰轰烈烈，榛村却在审讯室面不改色地说：

“太得意忘形了，所以才会被抓。”

他对预审员说：

“我大意了。一切都太顺利了，时间一长，就觉得自己无所不能。甚至异想天开地觉得可以一直这么下去，永远也不会出事。太放纵了。没有控制住自己的欲望，让行动成了稀松平常的事情，越来越没有警惕心。要怪就只能怪自己目空一切了。”

他似乎还这么说过：

“重来一次的话，应该不会这么轻慢了。”

就是这样的榛村，上周给雅也寄了一封信。

收信人是“筧井雅也”，寄信人一栏则写着“榛村大和”。

看到“榛村大和”四个字时，他没有任何印象。对回信地址也几乎是一片茫然。

他打开家里的电脑搜了一下那个地址，不禁大惊失色。令他面如土色的，还有和地址一起出来的关于“榛村大和”的报道。

近几年，雅也对政治经济以外的新闻几乎没有任何了解。他不看电视，觉得那是“无聊的消遣”，对“低俗透顶的报纸杂志”和“愚蠢至极的八卦”也全不理睬。

就连曾经常去的面包房“Roshell”的店主被捕一事也全然不知。

——我为什么会来？

直到现在他都没想明白。

对方不过是小时候稍微有点亲热的店主而已，已经数不清多少年没见过了，甚至极少想起。不管对方怎么请求他都没有来的道理。可是……为什么？

“呃……”雅也惴惴不安地开口，“信……收到了。我爸……寄过来了。”

“……”

榛村微微点头。

“真是抱歉，我只知道你老家的地址。还好你爸妈帮忙转寄了，和你一样热心。”

“热心……”雅也自言自语。

信封上是父亲的字迹。邮箱一直是父亲管理，这没什么奇怪的。可他这么做并非出于善心，单纯是不想管这麻烦事而已。不想被牵连，所以直接丢给了儿子。

“方不方便告诉我你现在的地址？下次我直接寄给你。”

榛村微笑着。

雅也一时语塞。他不想说，可对方一直盯着自己，实在无法拒绝，只好快速嘟囔了一遍，不想让他听清。

“谢谢。”榛村点点头。

“会见是有时间限制的。”他换了个语气，“按照规定可以见三十分钟，可一旦超过五分钟，管教的脸色就不好看，我就不啰唆，直接进入正题了。”

他略微把头凑过来，呼吸时透明隔板上蒙上一层薄雾。

“我的事情，你都知道了吧？”

“嗯……算是吧。”

雅也收紧下巴，点点头。

“那你现在都知道多少呢？”

这个问题太烦了，可又不得不回答。

雅也将视线从他身上略微移开。

“……说你杀了很多不到二十岁的人。好像是说，涉嫌杀人的案件有二十四起，其中九起立案，上个月刚被判处死刑……”

“对。”

榛村点头。

“就是那第九个。二十三岁的女人被人勒死后抛尸深山，那不是我干的。她不是我的目标对象，手法也不一样。唯独那个案子，我完全是冤枉的。”

他加快语速，一口气说完。

雅也倒吸一口凉气。

3

“冤枉……”雅也茫然地喃喃道，“其，其他的，确实是你……那个的吗？”

“杀死”两个字，他无论如何说不出口。声音中途卡住，如鲠在喉。

“是啊。”

榛村干脆地点头承认。

“当然，区区一个案子而已，即使翻案，死刑也是板上钉钉的事。我确实杀了人，杀了几个，说实话我也记不清了。可不是我干的事，我不想当替罪羊。”

他耸耸肩。

“我提出上诉就是因为这一点我接受不了，可警察和检察官都不予采信，我完全无法理解。超过二十岁的，我根本就没兴趣啊。”

榛村不满地抿了抿嘴唇。

“况且把人绑架过来马上就勒死丢掉，我怎么会做这种无聊的把戏？和其他案子对比一下不就一目了然了吗？可那些家伙认定是我干的，他们已经放弃了思考。再怎么说也不至于无能成这样吧？”

他忍不住恼怒地咂舌，白皙的脸扭曲着，一副轻蔑至极的表情。

雅也隔着隔板茫然地看着榛村。

他终于逐渐感受到——

没错，眼前的男人的的确确是个杀人犯。

连环杀手、猎奇杀手、猎童魔、秩序型杀人犯、表演型人格障碍、魔鬼、变态、怪物……监禁少男少女，残虐后无情杀害，把尸体埋在院子里作为私家收藏。

“在客厅的窗户边眺望院子是一大爱好。”他在落网后的报道中陈述道，“一想到可爱的孩子们睡在那里就非常惬意。每埋下一具尸体，我就种一棵树。每次数院子里的树都很有成就感，当天的压力和疲劳立马就消散了。啊，太爽了。从某种意义上讲，杀人或许也正是为了那一刻的快感吧。”

雅也继续挖掘记忆。这次会面前他看了无数次案件概要。维基百科自不必说，有关的国内外网站和当时报纸杂志的PDF也没放过。

话说……最后那个案子，被害人特征和抛尸情况似乎都比较特别，在一系列案件中“独树一帜”。雅也心想。

这不是说雅也无脑地相信了榛村的话。

眼前是一名罪犯，是杀人凶手，是用甜言蜜语把少男少女骗到家里极尽虐待后残忍杀害的变态。不管他说什么都不能相信。

就是这样的榛村，此刻正在透明隔板的另一侧一动不动地盯着雅也。

雅也再次思考。

——我究竟为什么会来?

——想面见危险人物的好奇心?无聊?不完全没有。不过最大的理由可能是——他的眼神。

——我渴望看到这种眼神。

——只知道当时的我，现在依旧把我当作“优等生雅也”的眼神。和加纳灯里不同。我肯定在下意识地渴求这个，无论这眼神背后有着怎样的意图。

“喂！差不多了。”榛村身旁的管教说。

毫无情感的声音把雅也从臆想中拉回来。

管教开始用笔头敲击记录本，咚、咚、咚，速度越来越快——咚咚咚咚，继续加速，越来越用力——咚咚咚咚咚咚。

雅也看向手表，还不到五分钟。

“抱歉，我会给你写信。”榛村抱歉地说，随后朝管教点头示意——“可以了”。

无论是语气还是他从折叠椅起身的动作，没有丝毫能让人联想到杀人犯的粗暴。

管教目不斜视地大吼：“下一位！”

榛村的“信”是五天后收到的。

看来隔着隔板也没有影响他准确记下雅也所说的地址，宛如女性般纤细的字体，整整写了三页信纸。

没想到你真的会来。说实话，当时我也没把握。

你现在该不会已经把前几天的会见体验发到推特或者脸书上了吧？当然，即使你真的这么做了，我也毫无怨言。

榛村字里行间带着自嘲。

你一点都没变呢，真好。

或许你自己也多少意识到了，当时的你非常特别，是个特别的孩子。

接到一审的判决后，我马上就想起了考上法学部的你。这对你来说也许不是什么好事，可我还是希望能让你知道，接受你的判断。

我罪该万死。这我比谁都清楚。绝不是什么可以放任回归社会的人。在认清这一事实的基础上，我冒昧写下这封信。

我接受自己被送上绞刑架，但应该是因为八起命案。

绝不是九起。

对于伏法受诛，我没有任何异议。因为那是毋庸置疑的社会正义。

说来也怪，我认为世界的正义必须得到彰显，也很重视法律。社会秩序只有通过法律得以保障才算健全。

在我的标准里，接受毫不相干的第九起命案心甘情愿走上绞刑架是有违正义的。最重要的是，真凶仍然逍遥法外，这让我无法忍受。

话虽如此，我没有要把自己的想法强加于你的意思。

你应该以你的标准来思考。我只是希望你能在此基础上听一听我想说的，仅此而已。

衷心期待你能为我做出更好的判断。

雅也没有写回信。

第二个周末，他再次走进看守所。像上次一样领取胸卡，在礼品店买了内衣裤和周刊，想了想，又买了果汁和点心。囚犯喜欢甜食，之前好像在什么书上看到过。

“又来啦。”

榛村笑容满面。

“信，我看了。”雅也简短地说。

“学校怎么样？没事吗？”榛村并没有提及信上的内容。

“不用每次都买东西过来的。大学生一个人住，又要花生活费又要花娱乐费，肯定很辛苦吧？

“现在是大三？差不多要忙找工作了吧？我知道自己的请求是多么厚颜无耻，你不用勉强的。”

他姿态很低。

“我不乱花钱，校招还没正式开始，没关系。”雅也慎重地说。

五分钟时间很快过去了。管教用笔头敲击桌面催促，雅也离开了会见室。

在公寓的邮箱再次见到陌生信件是在三天后。那是个A4纸般大的信封，上面印着“佐村律师事务所”。

打开一看，里面是厚厚一沓信纸，字迹密密麻麻地挤满整个页面，几乎没有换行，应该不下百页。

信纸用夹子夹着，上面附了一张便笺。

自称是榛村辩护人的男人用僵硬的字体写道：

基于当事人嘱托，特将相关资料送至贵处交由您判断。资料寄送一事，恕本事务所只行代理之责，不便接受直接联系与咨询，敬请海涵。

雅也翻开信纸。

是榛村大和有关报道的剪报以及公审的简要记录，拿在手上厚厚一沓。雅也被深深吸引住，当即决定翘掉下午的课。

他抱着资料在床上坐下，随手抓来一块软垫垫在背后，很快就一头扎进了榛村引发的命案中。

很长一段时间，人们一直以为自述杀了二十二人的胜田清孝是“二战”后最大的连环杀手。大久保清在短短四十几天内杀害了八名女性，小平义雄在“二战”刚结束的混乱期连杀七人。

所谓连环杀手，指的是用特定的手法持续进行以杀害为目的的杀人行为的凶犯。

榛村完完全全符合这一定义。

与胜田还有大久保一样，他究竟杀了多少人现在仍旧是个谜。检方为了尽快判决，只以其中证据确凿的九起向法院提起诉讼。

榛村是典型的秩序型杀人犯。犯罪行为富有计划性，透露出强烈的恶意和极高的智商。

被害人都具有相同特征：以十六到十八岁的高中生为主，没有染发，没有打耳洞。说不上长得引人注目，可五官端正，全是生在中产家庭，生活无忧无虑的孩子。

当时的记者是这样记录的：

“由于榛村从未提及，这些共有特征背后的意义无从查证。不过从各项共性看来，榛村在行动前对被害人进行了周密的调查，这是确凿无疑的。”

第九件案子的被害者根津薰，23岁，除了年龄，其他特征均与上述人物画像相符。

她已进入社会，在公司任职。平时不化妆，披着一头黑色长直发，天生一张童颜，不说话的时候看上去就像不到二十岁，像高中生自不必说，甚至经常被误以为是初中生。

她最后一次被人看到是下班打卡的时候。

眼看第二天傍晚她仍未回来，她的父母报警求助。警方认为她是在从公司回家的路上遭到了绑架。

失踪二十六天后的早晨，她被一对进山采野菜的老夫妇发现时，尸体已开始白骨化。

经过齿形比对，确认是失踪的根津薰。

遗体下半身内裤缺失，警方判断为强奸杀人。且抛尸地位于榛村大和的犯案区域内，被害人特征也相符，由此断定是榛村大和的“第二十四位被害人”。约一个月后，根津薰案正式立案，成为榛村“得以立案的第九位被害人”。

可榛村自始至终都否认与该案有任何关联。

“这个女人与我无关。”

“超过二十岁的我没兴趣，无论男女。”

“既然已经被捕，是我干的我承认，不是我干的我只能说不是我。”

榛村坚决否认，可没人愿意听。

尸体状态显示根津薰生前在被犯人折断双脚和右手骨头的状态下拼命爬行尝试逃脱。可她每前进几米就被犯人拖回来，随后再次放任其爬行，以此取乐。

案发地树密草盛，雨水不容易淋到，她挣扎与遭受折磨的痕迹一清二楚地留在了泥土地面上。被发现时，她十指蜷曲似鹰爪，深深抓进土里。

根津薰坚持反抗，直到最后一刻仍旧没有放弃求生的希望，换来的却是犯人惨绝人寰的折磨与戏弄，最后被勒住脖子气绝身亡。

在现场找到少量犯人体液，可也许是采集不慎，导致体液被污染，无法进行DNA鉴定。但见到如此残忍的手法，警方和检方一致认定“毫无疑问是榛村干的”。

那本是个平静的乡下，几十年来从未发生过命案，要说意外，顶多是失火，或是老人不慎跌落田里、水沟。

这么个穷乡僻壤，同一时期会出现两个把女人折磨至死的家伙？很显然，警方的答案是否定的。

榛村因第九起故意杀人，损坏、遗弃尸体罪被起诉。

一审判决死刑。榛村不服，当即与代理律师提起上诉。

一位犯罪评论家在自己的作品中这样评价榛村大和：

“他戴着魅惑的假面，高智商、健谈、开朗。犯罪手段却残忍至极，与容貌和言行极度不符。属于典型的秩序型杀人犯，被害人特征固定，说明其有严格的喜好偏向。自我显示欲旺盛，有表演型人格障碍的倾向。”

他还提及：“说他是日本的泰德·邦迪也无任何不妥。”

泰德·邦迪是臭名昭著的美国连环杀手，全名是西奥多·罗伯特·邦迪，因其犯案时不用假名而是毫无顾忌地使用真名的爱称“泰德”，于是被称为泰德·邦迪。

四年时间里，邦迪在六个州流窜作案，残忍杀害具有特定特征的女性。和榛村一样，他对被害人有严格的喜好要求，专门瞄准留着黑色长直发、中分、富有知性的美女下手。

据说邦迪至少杀了三十个人，确切人数至今不明。邦迪什么也没说，直到坐上电椅被处以死刑。巧合的是，处刑时的邦迪是四十二岁，和现在的榛村同龄。

听到胃部咕噜咕噜的声音，雅也猛然回神。

抬头看向墙上的时钟，时针已经过了2，马上就要到3。下午的课到底是赶不上了。

他将手中的公审记录扔到床上。

唉，再怎么说自己也只是一介大学生，还是三流大学的法学生，哪有什么正经的分析能力和法律解释能力？

——拒掉吧。

雅也决定。从此不再去会见，找张明信片写上一句“我做不到”寄到看守所一了百了。

虽然地址被榛村知道了，可他能再出来的概率几乎是零，上诉肯定也会被驳回。一审的死刑判决板上钉钉，他一辈子都走不出那个看守所。

雅也舒了一口气，摸了摸额头。

湿黏的汗液令他不适。肚子空空如也，不停打鼓，却一点食欲也没有。

他继续坐在床上，好一会儿都无法动弹。

4

“笕井。”

听见背后有人叫，雅也慢慢回头。

是加纳灯里。她今天也穿着不显身材的轻薄宽松束腰外衣，扎着一个丸子头。雅也恍惚间想起什么漫画人物。

正是下课的时候，学生们闹哄哄地嬉笑着走出教学楼。她像是特意逆着人潮过来的。

“嗯？有什么事吗？”

这声音他自己都觉得有气无力。

灯里慌张地摆摆手。

“啊，没有没有，倒也算不上什么事……”

她的视线伴着渐弱的话音落下。

“咦？笕井同学也会看这种书吗？”

她盯着笕井书包中露出的厚厚的硬皮书——《现代杀人百科》。柯林·威尔森和唐纳德·西曼总结考察了二十世纪六十年代以来上百件杀人案后汇编成册的一本书。

雅也感觉脸颊有点发烫。

“二手书店买的，因为便宜。”

下意识地转换了辩解的口吻。

灯里不可能知道他和榛村大和的关系，可他还是觉得慌张，像是已被对方看穿——这么快就近墨者黑了？

灯里不知道他在想什么，拢了拢肩上的书包。

“今天有个聚会，筧井同学也来吧。”她微笑着说，“简历也投得差不多了，大家准备聚一聚慰劳一下，顺便分享下就业信息。有几个毕业的前辈好像也会来，说不定能听到些有用的信息。”

“哦……嗯……”

雅也语不成句。

换作平时，他肯定毫不犹豫地借口太忙拒绝掉邀请。这次却犹豫了。

自从见过榛村后，他的声音一直在脑海中挥之不去。上课、吃饭、看书，不管做什么，心中某个地方似乎都有他的影子。

无论身在何处，总像是被他催着——快来呀！帮我想想办法！答案呢？快！快快快快！有时雅也甚至还会做梦、幻听。

——喝醉后会不会好一些？

他不喜欢喝酒，酒量也不好。

可他觉得灯里参加的聚会应该不会有啥也不懂的傻子，也不会有不怀好意的一口闷和骚扰吧。

而且，如果能获取一些就业信息也确实值得一去。学校举办的面试指导会上，雅也已经品尝到了挫败的滋味。

“要直视对方的眼睛。”

“注意表达清晰，通俗易懂。”

“抬头挺胸，不要总低着头。”

同一件事情被翻来覆去纠正。到最后指导老师转过脸去，发出一声叹息，深深地刺痛了雅也。

灯里说已经毕业的前辈也会来。雅也期待能听到一些没有压力面试的公司。就算笔试能过，后面是真的一点信心也没有。

“好啊，几点开始？”

意识到的时候，说出去的话已经像泼出去的水。

灯里睁大眼，似乎很惊讶。她吞吞吐吐但很高兴地把店名以及聚会时间告诉了雅也。

雅也走进店里时，大家已经干过杯了。

那是家装修时髦的小餐厅，不是学生们常去的廉价居酒屋。黑板上写着一长串的推荐菜名，橘色的灯光略显晦暗，脚底下不太看得清。

往前走，隔板那边有一张大桌。应该是提前包下来了。

坐在桌前喝着啤酒的几乎都是雅也不认识的人。他看了看周围，在边上坐下。

没有任何人和他打招呼，也没人问他要点什么。雅也不知所措，只好掏出手机。

不知哪里传来说话声。

“话说求职网站上不是有个批量投递的按钮嘛，太蠢了吧？那玩意儿脑子有坑的人才会用吧？”

“按一下会给多少家投？一百？两百？”

“少说也得一百家吧？”

“根本没法安排时间了，都乱套了。”

“估计会收到一堆邮件。”

“搞不好还有拉你入教的。”

“太吓人了。那个什么个人隐私保护法，就是个摆设吧！”

一阵尖锐的笑声。

雅也表面在玩手机，实则竖起耳朵听着。有机会的话，他很想加入对话，可不知道何时插入比较好。

——啊，烦死了！以前可不是这样的。

他咬咬牙，咽下一嘴苦涩。

以前的他才不是这么窝囊，虽然不怎么积极，可也是大大方方的，还充满自信。

从什么时候起竟然变得无法直视他人了？

不怎么努力也能取得好成绩的日子在中学就到头了。

进入高中没多久，雅也就感到了不对劲。那种感觉越来越强烈，暑假快结束时，他终于不得不承认：之前的自己不过是井底之蛙。

在县内数一数二的高中，筧井雅也根本不值一提。

和身边同学相比，学习差距越拉越大。

雅也的成绩眼看着一步步落后。

可强烈的自尊心绝不允许他向其他同学请教，回过神来才发现自己已经连哪里不明白都不知道了。

况且高中时是寄宿制，无处可躲，也不能向父母求助，无路可逃的雅也日渐消沉，束手无策。

“筧井那家伙最近好奇怪啊。”

要不是室友告诉宿管，他也许已经做了最坏的选择。实在太绝望了。

学校建议他回家。可他坚决摇头，绝不回去。

现在逃回去，老家那些人不知道要怎么说。

—— 乡下的优等生也就这样啦，在外面屁也不是。

被嘲笑、被当作街头巷尾的谈资，最后连出门的勇气都没有。无论如何不能发展到这一步。

他提出休学一个月，让父亲在学校附近租了一间短租公寓。

“回家里好好休息吧。”奶奶劝他。

“还得尊重他本人的意思才行啊。”父亲大义凛然地点头。

母亲则沉默不语，一如往常。

很明显，父亲不希望自己回来。

独生子雅也一向是父亲的骄傲。考上那所重点高中时，不仅在身边同事，甚至在子公司同事面前，父亲都难掩喜悦。儿子学习跟不上，卷铺盖回家了——要面子的父亲是绝不想将这种情况公之于众的。

休学一个月后，雅也回学校了。但不到三个月，再次遭遇挫败，休息了两个月。后来又复学，这次甚至没有坚持一个礼拜。

一向宽容的校长也终于受不了了，没有允许他继续休学。

雅也被勒令退学。

他还是不敢回家，于是寄宿在姑妈家，接受一周两次的心理咨询。他心理状态逐渐好转，可再也回不到以前的状态了。

后来，雅也完成高等中学毕业程度认定考试，拿到了考取大学的资格。

可最关键的考试却一败涂地。

费好大劲才勉强考上偏差值[1]不到四十的新兴私立大学。他不想上，可父亲不允许复读。他别无选择，只好住进父母安排的廉价公寓去上大学。

心不甘情不愿地开始大学生活，可从一开始就频频受挫。

雅也在迎新会上被狂灌一通，在厕所吐完后，他抱着马桶晕倒了。丑态还被人拍下上传到社交网站，在学校传得尽人

1　偏差值：指相对于平均值的偏差数值。在日本，偏差值常被用来体现个人与大学的水平。偏差值越高，往往代表学校越好。

皆知。

朋友一个也没交到。主动来搭话的要么是宗教团体的人，要么是疑似传销的家伙，要么就是……

“‘呕井’同学，笔记借我下。”

“签到就靠你啦。”然后恬不知耻地把签到卡硬塞过来的家伙。

唯一的例外是加纳灯里——小时候被欺负的那个。这也是个“地狱”。自己不仅沦落到和她同等水平，还隐隐受到她的同情、照顾，简直是雪上加霜。

可是……

“筧井同学。”

听见头顶上方的声音，雅也迅速抬头。

眼前站着的不是别人，正是灯里。

“你真的来啦。约得有点突然，真是抱歉。对了，喝点什么吗？”她利落地说。

雅也点点头。

“嗯……那就……橙汁黑加仑酒吧。”

“好啊，稍等。”

“抱歉，加一杯橙汁黑加仑。”灯里向里面的女学生招呼道。女学生举手示意收到，随后看着笔记宣布：“我念一下要加的东西。中杯生啤三杯、黑啤两杯、柠檬苏打两杯、橙汁黑加仑一杯。凤尾鱼马铃薯、香蒜吐司、生火腿奶酪卷……”

灯里转过来看着他。

“还以为你不来呢，太好了。”

她笑容甜美，仿佛在说“终于放心了”。

“嗯……既然答应了嘛。”雅也低头看着地面说。

灯里笑了。

“我以为你很忙嘛。这么说可能不太合适，我以为你是出于礼貌说会来。笕井同学从小就很照顾别人，对大家都很好。”

“没有啦。”

“有啊，真的很好。小学的时候，班上男生只有笕井同学对我……”

灯里说到一半，被一个带着醉意的声音打断了。

“聊啥呢，聊啥呢？加纳同学，喝啥呢？”

雅也抬起头。

一个不认识的男生凑了过来，几乎要压在灯里身上。

“什么嘛，手里怎么没杯子呢？想喝什么？啤酒的话那边有杯子，我给你拿过来吧。”

他说着毫不客气地拍了拍她的肩，自始至终没有看雅也一眼。

“不好吧。”灯里挥手。

“没事儿啊。喝啤酒？还是喝点甜的？”

“呃……”

“哦，没菜单不好选是吧？嗯……走吧，去那边！好吗？”

一番花言巧语下来，他顺理成章地带走了灯里。

男生似乎是对灯里有意思，隔着她瞪了一眼雅也。

现在只剩下雅也自己无所事事地坐在那儿。

在餐厅微暗的灯光下，远处的灯里宛若他人。以前总认为她打扮俗气，此刻却觉得与现场气氛相得益彰，有种美妙的和谐。

他第一次意识到，灯里竟如此时髦。从衣服与鞋的配色到身上的配饰，温柔又不失可爱。不仅是审美如何的问题，她浑身上下还带有一种干净感。

回过神来，灯里已经被几个男人包围，她笑容满面地说了什么，对面的男人加以回应，随后爆发一阵笑声。一副其乐融融、亲密无间的样子。

两位服务员端着很多玻璃杯过来。

干事样子的女学生尖声叫道：“中杯生啤的，举下手哦！下一个是……黑啤。橙汁黑加仑是谁的？抱歉，有点乱了，能自己来拿一下吗？”

雅也转过头，默默起身离席。

走出店门，外面已经下起了小雨。

雅也走到公交车站，发现最后一班已经在几分钟前走了。

他无奈地走在街上。

打算路上找家便利店买一把雨伞，想想还是作罢。太浪费钱了。家里给的生活费不多，本来应该做兼职的，可学校告示栏上贴的兼职广告招的全是服务员，要么是快餐店的，要么是家庭餐馆的。

蒙蒙细雨，安静绵长，宛若绢丝。

走了一会儿后，雨丝更细了，说是雨，看上去倒更接近浓雾。不到十分钟浑身就湿透，连内裤也湿了，非常难受。每走一步，湿透的鞋垫就吧唧一声怪叫。袜子吸满雨水，重了不少。

终于看见公寓的轮廓。

公寓正好位于两盏路灯中间，几乎伸手不见五指。雅也摸索着，试图打开外挂式楼梯的灯，不料按了几次都毫无反应。灯泡烧坏了。

雅也咂舌，只好摸着墙慢慢往上爬。

中途绊了一脚，小腿骨猛地撞上台阶。被电击般的剧痛瞬间传导进脑子。雅也强忍着没有发出尖叫。明天估计会青一片。

打开门，开灯。

晃眼的白色荧光灯照亮玄关，雅也深深叹了一口气。过于漫长的一天，终于结束了。

门上的邮箱口夹着一封信。

雅也抽出信封，翻过来。

“榛村大和”四个字出现在眼前。

顾不上脱掉湿透的鞋子，雅也当即开封。

他抓住信封一头试图撕开，可并不顺利，手一直在抖，撕了好几次，撕开的纸片落在地上。

打开信纸。

端正的字迹铺满了整张白色信纸。雅也开始读信，从头到尾一字不落地读了一遍，脑子里却只有零散的内容碎片。

“谢谢你前几天过来。”

“也许你不相信，但我真的很开心。”

“收到佐村先生寄的资料了吗？不过你也不用勉强，按自己的想法做就好了。”

怎么回事，字迹渐渐模糊了？

鼻头有股热意冲上来，变成热辣的疼痛。

“谢谢你送的杂志和内衣裤，我心存感恩地用着，不过下次请不要勉强了。”

“独立生活的大学生一定很辛苦，用那份钱去吃些好吃的吧。这里会确保提供最低限度的衣食住。说来可笑，来这里之后生活规律，整整胖了三公斤。”

“虽然很少，不过这里不只有最普通的白面包，有时候也会提供夹心面包。帕尼尼和法棍当然不敢奢望，但光是这样已经很让我怀念了。”

“记得雅也以前很喜欢我家的BLT三明治，每周都会来买。现在还喜欢吗？便利店和快餐店的能取代吗？”

“说起来，每次到了星期六，我都会为你留一个BLT和烟熏三文鱼奶酪……”

再也忍不住了。

呜咽声冲出喉头。为什么要哭？他自己也不知道。

眼泪止不住地往下流，从腹部一涌而上的莫名情绪摇晃着喉咙和身体。膝盖软了下来，雅也瘫坐在地上，用一只手捂着脸，额头抵在地板上。

他紧握着信，长久地无声哭泣。

5

次日，雅也翘了所有的课。

他把自己关在出租屋里，就着一杯杯速溶咖啡重新翻看榛村的公审记录。

第二天，他依旧没去学校。大口灌下特浓咖啡后把剩下的公审记录全部看完，中间吃了之前囤的方便面。看完公审记录后，继续看《现代杀人百科》直到深夜。

凌晨三点入睡，八点起来。睁开眼，他迅速打开窗帘。

用刺眼的阳光和咖啡强行清醒后，打开这几天一直保持睡眠状态的电脑，连上网。

进入网上书店，输入关键字“杀人”“案子”“犯罪”“变态”，比较了阅览数和评分后，用货到付款的方式买了几本。

买的书第二天下午就到了。

他毫不犹豫地选择了逃课。迅速翻开书，如饥似渴地看起来，甚至连拆快递的时间都觉得多余。

第三天，食物吃光了，雅也不得不出门。说是出门，目的地不过是走路十分钟可到的超市而已。便利店其实更近，但他没有进去。

盘算了今后要花的钱，饮食费用是首先应该节省的，他买了些便宜的罐头、袋装方便面、袋装熟食、面包以及能长久保存的饼干和巧克力后快步回家。

到家后马上拿起书，继续看。

最开始看的是与泰德·邦迪有关的内容。他是强奸杀害了三十多名，甚至上百名女性的性杀手，是最经常被拿来与榛村大和对比的杀人犯。

接下来雅也又埋头于安德烈·奇卡提罗——在俄罗斯联邦和乌克兰还属于苏维埃社会主义共和国联盟时，他凌辱并残杀了五十二名少男少女。没有性能力，曾经是小学老师。

下一个是约翰·韦恩·盖西。盖西是一个同性恋，杀害三十三名少年并把尸体埋在家中地板下。他的另一个身份是当地的名士，热心公益，性格开朗，喜欢扮成小丑的模样逗孩子们开心。东窗事发的时候，周围居民无不惊叹——竟然是他。

杰弗里·达默也看了，开膛手杰克的报道也看了，山姆之子大卫·伯考维兹、亚伯特·费雪、克里斯托弗·怀尔德以及理查德·拉米雷斯，雅也也都看了。

除此之外，不管多有名的杀人犯，比如只杀了两个人的爱德华·西奥多·盖恩、艾琳·乌尔诺斯、暗杀肯尼迪总统的李·哈维·奥斯瓦尔德等均直接跳过不看。匪帮、反社会宗教和恐怖主义的也一样。雅也想知道的只有“那一类”的连环杀人犯。

接下来，雅也又扑到了日本国内的杀人案上。

被称为“淫兽”的连环强奸杀人犯小平义雄、专门对少女下手的吹上佐太郎、强奸杀害八名女性的大久保清、杀人诈骗两头沾的西口彰、多次抢劫和入室行窃以及最少杀害二十二人的胜田清孝……

就这样，第四天和第五天过去了。

第六天早晨，雅也起床后泡了个澡。

浴缸里放满热水，泡了很长时间的澡。他搓干净身上的污垢，洗了头。由于总是洗不出泡泡，他总共洗了三次。

从浴缸出来后，到洗手台刮干净胡子，剪短刘海。嘴里含着牙刷，把近一个月没关机的电脑从睡眠模式唤醒，看看这几天的新闻，确认外面发生了什么。

雅也看了看电车和公交车的时刻表，发现还有不到十分钟公交就要发车了，赶紧选衣服。穿牛仔裤还是休闲裤，他稍微犹豫了一会儿，选了后者。

穿鞋，出门。

阳光像是刺进了眼里，很痛。雅也低头揉了一会儿眉头后，公交车缓缓滑行，停在面前。

他要去关押榛村的看守所。

这是第三次会见，雅也已经不再紧张。

隔着透明隔板，榛村露出标志性的笑容。他瞳孔清澈，一如平静的海面。

雅也开口：

“我觉得我没有什么能做的。”

“嗯。”

榛村点头。

雅也舔了舔嘴唇，继续说：

“即使调查，我可能也查不出什么。就算侥幸查出什么结果，也就仅此而已。”

“没关系。”榛村缓缓摇头，“重要的不是结果。之前说过，我已经心甘情愿接受死刑了，只是想最后再挣扎一下。我不想死的时候成为别人的替罪羊。只是要麻烦你满足我这么自私的愿望，对于这一点我真的非常抱歉。”

“不能请律师帮忙吗？”

榛村笑了笑：“他当然站在我这边，现在也在废寝忘食地帮忙准备上诉材料。不过他这么做只是出于工作立场，并没有真正相信我。帮我减轻罪刑是他的工作，仅此而已。”

他微微耸肩。

“雅也，随便你查什么、怎么查。从我出生开始，你可以去查我所有的过去。查完后，希望能听到你的判断。”

雅也心想：这是什么奇怪的请求？为什么要选自己？又为什么是现在？他是真心的吗？还是另有隐情？我只是个大学生，骗我对他有什么好处？

对于这一切，雅也都摸不着头脑。

雅也说：“你太看得起我了。就算……就算我相信第九起案子你是清白的，也什么都改变不了。我，我没有向社会发声的办法，也没有影响司法的能力，你不可能从这里出去的。”

后面的话不受控制地冲口而出：

“这样也行的话，我试试。”

水泼出去了。奇怪的是，他并没有后悔。

——这是个荒谬的请求，本不该接受。这我清楚。可是，我想试试。

——我想继续看到这双眼睛。相信我的、毫不动摇的榛村的双眼。每次被他盯着，行将忘却的当初的万能感就会苏醒。

——而且……他很显然在隐藏什么。毕竟这种请求也太可疑了。

——可我并没有感觉到恶意。不仅如此，从他的表情和态度中甚至能感受到奇妙的慈爱。那么这个请求背后究竟隐藏着什么，我想看看。

“谢谢。”

榛村眯起眼睛。

稍作犹豫后，雅也开口：

“可以……问你一件事儿吗？”

“嗯？”

“我去你店里的时候差不多是十到十四五岁。当时你也是……也是那么看我的吗？”

——作为残虐杀害的目标。

“没有。”

榛村当即否认。

“如果看了案件概要，我想你也知道，我只对十六到十九岁的少男少女感兴趣。现在骗你也没意义，说实话吧，当时的你还太小，不在我的目标范围内。”

雅也想起书中提到的秩序型杀人犯的特征——对被害者有严格的喜好要求。高智商，有计划，对作案手法和被害人有固定偏好。

榛村继续说："现在的你就更别说了，我对成年后的男性和女性没有任何兴趣，所以你放心。嗯……是不是过于直白了？"

他苦笑。

"没有。"雅也摇摇头，"直白点比较好。"

这是实话。

二人视线交接，同时点头示意。

雅也刚起身离开凳子，管教就迫不及待地大喊："下一位！"

*

回家后，女人茫然地坐在地板上。

要做的事情一大堆，先得淘米焖饭，衣服也得晾，两点开始打工，在那之前得先把晚饭的材料准备好，不然婆婆回来又得说三道四。

可她身上没有一丝力气。

过了一会儿，她终于站起来，摇摇晃晃地往房间走去。里面那个房间平时几乎用不到，也许是没有人气，不管什么时候进去都是凉飕飕的，而且一股霉味。

女人把梯凳拉过来，把顶橱打开，将里头的牛皮纸箱搬下来。

箱里塞满了家人的毕业写真集、以前的奖状、毕业证书以及迷你相册等。箱子最底下，藏着一本上锁的日记。

那是二十年前她写下的日记。

她从梯凳上下来，坐在榻榻米上。她找到锈迹斑斑的钥匙，打开同样锈迹斑斑的锁。

翻开日记，看到可以说是稚嫩的字迹，不禁皱起眉头。女人并不觉得可爱。一切还未风化，仍在胸口发出灼烧般的刺痛。

“没关系，应该由你选择。”

“你的答案就是一切。”

他的声音在耳边回响。

——什么都让我选，而且尊重我的选择。这样的人再也见不到了。不对，是再也没见过。

——和丈夫的生活已冷至冰点。曾经向往的平凡安稳的幸福并没有到来。内心的平静、爱情、家庭的温暖都无从谈起。唯一得到的，仅仅是名为妻子的牢固身份而已。

她想：这一定是惩罚吧，即使逃到天涯海角，犯下罪过的人也必定会受到某种形式的报应。我是个罪人，必须要心甘情愿受罚。

这样的日子尤其难熬。令人窒息的乌云，紧贴皮肤的雾气，这晦暗混沌的环境总是让她想起那天。

女人嘟囔：“可是没办法啊。”

对，没办法。

——那不仅是为我自己，本来就该这么做。

——不是听他怂恿才这么做的，归根结底是出于自己的意志。我杀了人，现在还记得双手勒住脖颈的触感。我从这个世界，从他眼前，永远地“排除”了自己的绊脚石。

女人合上日记，缓缓垂下头。

第二章

1

"榛村大和——不，当时应该叫新井大和吧。听说他上小学时，儿童商谈所[1]共收到了十一次关于他的举报，并对他实施过四次保护。据说其中有几次是您举报的，请问是真的吗，江崎老师？"雅也十指交叉，双手放在桌上问道。

"是。"

眼前年迈的退休教师略微苦笑。

"是真的，大概匿名举报过三四次。"

雅也在江崎家，江崎和长子夫妇共同住在一套崭新的无障

1 儿童商谈所：日本设立的行政机关，旨在通过给家庭、学校等提供咨询和援助的方式，促进儿童健康发展。

碍式住宅中。

雅也身穿一件全新西服，头发梳理整齐，戴着装饰用的平光眼镜。整理发型和戴眼镜是为了尽量显得成熟。对着镜子，他自己都不免觉得滑稽，还好这位老教师没有笑话。

江崎手边放着雅也递过去的名片，上面写着：佐村律师事务所・调查助手。

名片是与榛村第二次会见后寄过来的，大概有三十张，用一个夹子夹着放在信封里。没有任何备注，什么时候用、什么时候不能用，都没有说。

雅也很清楚冒充律师是犯罪行为，所以他一开始就尽可能清楚地告知对方自己是助手。江崎没有过多怀疑就把他请入了家中。

“江崎老师，您当时选择匿名举报是有什么不便之处吗？”

尽管已经事先调查到他已经退休离开了教岗，可雅也还是选择反复叫他老师。

“主要是学校那边，他们不想惹这种麻烦。”

江崎放低声音。

“最近电视上不是经常能看到小孩子被继父打死了之类的新闻吗？但当时小孩子的死和虐待并没有受到这样的关注，因为那时棍棒教育还是绝对的主流。”

他生气地用手敲了敲桌子。

“其实啊，孩子如果被人打了，周围的人是不可能注意不到的。身边的人和老师多少都知道，他们只是不想惹麻烦，所以睁一只眼闭一只眼。”

镜片后柔和的眼睛迅速眨巴了两下，似乎在控诉什么。

“那孩子受到虐待，眼看着虚弱下去。可周围的大人已经见怪不怪，麻痹了。总以为以前一直没事，以后也肯定没事，总觉得死亡离自己身边的孩子很远。就这么拖着拖着，那一天突然就来了。”

江崎摘下老花镜，用纸巾小心擦拭镜片。他眨眨眼，眼睛通红。

“是的。”

雅也低声应和。

平时几乎无缘的西装和领带让他束手束脚的，身上这套还是为了找工作才买的低价成衣，他做梦也没想到会在这时候派上用场。

雅也伸手端起茶杯，喝下一口，润了润已经干巴的嘴唇。

他第一次穿上这身西装是去参加面试指导会，那一天丑态百出。此刻却莫名平静。

也许是借了律师事务所的威风，也可能是名片给了他一张助手的皮囊，无论如何，雅也似乎找回了还是优等生时的感觉，在老教师面前显得落落大方。

"您眼中的榛村大和是一位怎样的学生？"雅也问。

江崎说："是个记忆力很好的孩子。他家里没有学习条件，成绩一团糟，不过底子很好。"

"听话吗？"

"嗯。喜欢看书，休息时经常去图书馆。他看书特别快，刚翻开一页，三十秒左右就两面都看完了。问他内容，发现他都记住了。可能是借回家会被继父撕掉，于是他养成了当场速读的习惯。"

"这么说，他智商应该很高吧？"

"我想是的。"

江崎表示同意。

"要不是生活在那样的环境，他必定会成为一个出类拔萃的人。奈何继父不行。不对，主要责任应该在他母亲，竟然把这种男人往家里带。"

真是个健谈的老人，雅也心想。

是退休后没人说话太孤独，还是出于对曾经的学生的负罪感？可能都有吧，他判断。

"您知道他继父是什么情况吗？"雅也继续问。

江崎点点头，不过他率先强调："我只知道我当他班主任时候的情况。

"嗯……就是那种司空见惯的窝囊废。寄生在女人家，什么也不干，成天要么泡在游戏厅，要么泡在酒缸里。是个小混混，勉强得个外号，叫‘没死成的诚一’。”

“作为外号……可不怎么响亮啊。”

江崎苦笑。

“听说他以前是个焊接工，自己接活儿干的那种，不属于任何公司，在各个施工现场来回转。轻松倒是轻松，可一旦行情不好，立马就揭不开锅。人又粗鲁，态度不好，最先丢饭碗的就是这种人。”

“后来果然丢了是吗？”

“嗯，本来就是日结，好像第二天就揭不开锅了。后来他走投无路，在临时工聚集区的公园上吊了。结果没死成，被送到医院了。”

“留下后遗症了吗？”

“身体上没有。不过出院后他变本加厉，更加暴躁，彻底无可救药了。我当新井班主任的时候，诚一见谁都嚷嚷：‘老子已经死过一次了，还有什么好怕的？信不信老子把你也吊树上？’简直就是个彻头彻尾的浑蛋。”

“可能是大脑长时间缺氧导致了部分功能受损。有很多凶恶的罪犯都是大脑受到重大打击后人就变了。”

“可能是吧。总之，新井大和继父的情况就是这样。”

“他妈妈呢？”雅也继续问。

对话进行到这里，江崎第一次出现欲言又止的样子。

“这么说可能不太合适……”

他眼神游离，似乎在寻找合适的形容词。

“智力上和精神上都很难说正常。你不要告诉别人，其实她，嗯……生物学上的父亲是当地一个有头有脸的人物。你知道有个政治家叫田中角荣吗？啊，你这个年纪可能不知道……”

“没事儿，我知道。”

雅也点点头。江崎结合着手势开始介绍：

“那个人类似于稍微普通一些的、缩小版的田中角荣先生，没什么学问，但聪明过人。做起事来风风火火，善于建立人脉，独断且能干。他晚年留了一个孩子，似乎就是新井的母亲。不过应该没有正式相认。”

“也就是说，榛村的外婆是他的情妇？”

“不是，算不上。在年轻人面前提这个也许不太好，其实就是对女仆下手了。得知对方怀孕后，那个人给了他外婆一大笔钱，把她赶了出去。她自己却把这件事当作风流韵事，一辈子到处吹嘘。”

江崎叹了一口气。

“说来也可笑，那个人家里的孩子没有一个遗传到他的聪明和才干，稍微有点表露的只有外孙新井大和。可这个外孙却因为成长环境恶劣，一身才能完全没有用对地方。多么聪明的孩子啊……每次想起都无比心痛。”

老教师痛心地垂下头去。

“听说榛村大和有兄弟姐妹？”

“嗯，算是吧。”江崎低着头说，“大和的母亲一共生了四个孩子，每个孩子都生父不明。应该说大体都明白，但是一个也没有相认，所以只能说是‘不明’。像他外婆那样至少拿点钱也好啊，可他妈妈……唉，该怎么说呢……没有为自己和孩子争取权利的智力。”

“被当作泄欲工具，忍气吞声？”

“就是这么回事。”

老教师一脸苦涩地点点头。

雅也探身向前：

“剩下的三个兄弟姐妹呢？”

“都死了。”

江崎直截了当地说。

“两个营养不良，死在了襁褓里。有人说是没人照顾导致衰弱而死。新井的哥哥好不容易长到四岁，却在母亲外出时冲到马路上被汽车轧死了。听说他母亲没有被追究监护责任，还得到了一大笔赔偿。”

“活下来的就只有榛村大和了，对吧？”

“嗯，可是……”

那最后一个孩子也在两个月前被一审判处了死刑——江崎实在说不出口，只是端起浓茶一口喝干。

2

雅也第二个见的人非常熟悉小时候的榛村。

资料显示，那个相当于榛村母亲的表姐的人，在榛村三岁到六岁的时候，也就是还没上学的时候，经常照看他。

雅也提及这一点，她却拧巴着脸说："我也不想啊，可她每次扔下孩子就走，什么也不管。"

女人已经六十多岁了，说什么也不让雅也进到家里。没办法，雅也只好站在门口与她小声交谈。

"扔下孩子就走，您是指？"

"就字面意思呀。实叶子——我表妹，她每次想出去玩，把孩子往我家门口一扔就走了。"

新井实叶子，榛村亲生母亲的名字。

"事先连个电话也没有，按响门铃后招呼也不打一声就跑了。等我慌里慌张跑出来开门，就只看到大和含着手指孤零零地站在院子里。唉，简直就是个疯子，根本不管孩子死活。"

女人没好气地说。三十五年过去了，她似乎仍怒气未消。

"然后您每次都替她照顾孩子？"

雅也话音刚落，女人简直气急败坏。

“我也没办法呀！虽然是表妹的孩子，可是……坦白说，真的很麻烦。我们家女儿当时在上小学，又要去兴趣班，我哪有时间照顾别的孩子啊！”

“是啊，您一定很辛苦吧？”

“嗯，实叶子总是嬉皮笑脸地说什么‘一个也是带，两个也是带，正好和你家女儿做伴，有困难要互相帮助’……开什么玩笑？十岁的女孩和三岁的男孩怎么能玩到一块去？还说什么‘互相帮助’，她可什么都没帮过我，再说我也不会找她帮忙。真是的，脑子不怎么好使，嘴皮子倒是挺溜。”

修剪整齐的院子里盛开着当季的花，玄关前停着一辆红色的三轮车。估计是孙子的吧。车把手和座椅上贴着广受欢迎的动漫人物贴纸。

“当时的榛村是个怎样的孩子？”雅也问。

“很安静。应该说是不说话。放着不管的话，他好几个小时也不说一句话。这么说不太好，不过我最初以为他智力有点问题……”

她终究没有说出“像他妈”。

“是个省心的孩子吗？”

“怎么可能？”女人惊呼，“他确实不吵也不闹，可一旦没看住，根本想不到他会搞什么幺蛾子。比如把佛龛的火柴和线香弄得一团糟，把发卡插进插座里搞得火花四射，甚至还抓来邻居家的猫把它的尾巴点着了。”

“太过分了。”雅也故意迎合。

女人狠狠点头。

“是吧？一点教养也没有。当然，捣蚂蚁窝、揪蜻蜓翅膀什么的，一般男孩也会干，没什么稀奇的。可这跟虐待小猫小狗完全是两码事，而且他专门瞄准那种对人毫无戒备、只会喵喵叫撒娇的小家猫下手。”她继续说，“对待刚出生不久的小猫咪，他竟然用美工刀划、用火烧，还把猫的胡子一根根扯下来，甚至还用打火机烧它们脚掌上的肉球，四只脚一只都不放过。你敢相信吗？”

女人身体一震，似乎是想起了当时的场景。

“你不要和别人说。听说大和被抓，我没有很意外。震惊是当然的，不过我总觉得他迟早会走上这条路。那样的孩子哪能长成什么像样的大人……”

她毫不掩饰地皱起眉头。

“他呀，不管你怎么骂，他都完全无所谓。你看我家女儿和儿子，一旦大人动真格骂两句，他们马上就哭着道歉。大和完全不一样，总是低着头怪笑，从小就没把大人放在眼里。”

“可是……”雅也下意识地插嘴，“怎么说呢……他会不会是，缺少关爱？母亲靠不住，父亲也不知道是谁；弟弟妹妹倒是有，可出生没多久就死了；继父还虐待他。他是不是……太孤独了？”

“那也没关系吧？”女人尖着声音说，“出身不幸就可以杀人吗？不对吧？那些孤儿呀，在福利院长大的孩子呀，活得干干净净、堂堂正正的大有人在，拿出身不好当犯罪的借口简直是对这些孩子的亵渎！不是吗？”

“啊……”

她说的没错。雅也无言以对，缩了缩脖子。

“呃……方便了解下榛村母亲的情况吗？”

雅也迅速转换话题。

“您母亲和新井实叶子母亲似乎是亲姐妹对吧？听说您母亲是姐姐。”

“对。”

女人点头。

“新井实叶子的母亲，也就是您的小姨，您见过吗？”

“那当然，她有时会来找我妈妈。不过长相和声音都几乎记不清了，我对她印象不深。”

她用手支住脸颊。

“她本人似乎是个还算踏实的劳动者。不过该说是戒备心不强还是意识太弱呢，她经常被人乘虚而入、任意摆布——又是被男人骗，背上一身债；又是被宗教和骗子骗钱，一辈子状况不断。”

“这样的话，给亲人也带来了不少麻烦吧？”

“对呀，我妈妈是她姐姐，对这个妹妹是恨铁不成钢。我隐约记得妈妈为了给小姨擦屁股总是四处奔走。所以说实话，我不是很喜欢小姨。每次只要她一来，离开后，我家必定鸡飞狗跳，父母关系恶化。”

她语中带着刺。

雅也抓住时机，追根究底：“新井实叶子好像是由她母亲一手带大的，您知道她父亲是谁吗？”

“我不是很了解。不过记得那段时间我妈妈常抱怨什么‘竟然栽在那种臭老头身上’‘被哄骗、玩弄’之类的。”

“抱歉，请问您母亲现在……”

“前年过世了。不过就算她还在，应该也问不出什么结果，她早就老糊涂了。”女人毫不掩饰地说。

雅也看着手中的笔记本。

“呃……对了，您和新井实叶子好像只差一岁。虽然进入高中后没有了交集，但是小学、初中八年是一起上的。在您眼中，当时的她是什么样的？”

女人短短叹了口气，翻了个白眼后，看着雅也说：“要听实话吗？”

雅也眨眨眼睛：“当然，拜托您。”

女人又叹了一口气。

"……实叶子在中学的外号叫'公交车'，或者是'贱货'，懂了吧？她从小就这样。"

雅也无言以对。

女人皱紧眉头，道：

"就因为是她表姐，你知道我有多痛苦吗？我都不想去回忆那时候的事情，也不想说什么。

"而且那个外号最开始可是在她小学五年级的时候就喊起来了啊。等到升初中时，邻市的男生都知道了。到底是什么情况不用我多说了吧？"

她颇具挑战意味地瞪了一眼雅也，仿佛在说"剩下的你去想吧"。数十年后仍未熄灭的怒火在她双眸深处摇曳。

"对了对了，好像还有过这么一件事儿。有一次实叶子过来找我，说：'你知道这是什么吗？'然后打开超市的塑料袋给我看。我看了一眼，汗毛直立。你猜里面装着什么？"

"装着什么呢？"

"竟然装着一大堆避孕套。我一句话也说不出来，她则一脸得意地怪笑，说：'怎么样？没见过吧？知道这是什么吗？嘿嘿，是不是从来没亲眼见过？'她近乎执拗地反复问我。当时我真的是吓坏了，极其恶心又欲哭无泪。"

她长长叹了一口气，来回摇头。

雅也不知道该说什么，直愣愣地站着。

女人斜眼看了他一眼，突然两手一拍，说：“啊！对了——我想起来了！我刚刚说大和‘就算被大人骂也不会道歉，总是低着头怪笑’对吧？就是这个表情！和向我显摆避孕套时的实叶子一模一样！”

女人自言自语似的继续说：“这就对了，所以我对他根本喜欢不起来。啊不，就算没这回事儿，那孩子身上也没有任何招人喜欢的地方……我越来越觉得大和从小就令人感到恶心……”

3

“唉，真是个可怜的家伙。新井……哦，榛村大和。”

眼前这位眉头紧锁的老爷爷，曾担任榛村的保护司[1]。

把他介绍过来的，是原班主任江崎。说是从他嘴里肯定能听到一些有意义的故事，于是在访问前，江崎先帮忙打了个招呼。这种介绍和主动联系对雅也意义重大。

名叫奈良冈的原保护司脸上刻着深深的年轮般的皱纹，那股沧桑感令人不禁想到老渔夫般奇妙的威严。

1　保护司：受到法务大臣委托的志愿者，一般由当地德高望重的人士担任。其主要任务是帮助有过犯罪与不良行为的人洗心革面、重返社会。

这是雅也第一次亲眼见到真正的保护司，只是大概知道保护司的工作是指导失足少年以及出狱犯人的生活，但对他们具体做什么则完全不知道。

“嗯……具体说就是给他们介绍工作、出主意，尽可能近距离地守护他们，直到他们完全回归社会。”奈良冈简单介绍道。

雅也问：“榛村曾先后两次被送进少年刑务所。您在前后两次共计四年（十五到十九岁）的时间里，担任过他的保护司，对吗？”

奈良冈点点头。

“没错。准确地说，应该是在他十九岁四个月时被榛村织子收为养子之前。后来榛村女士把他接走，我也终于解放了。”

“您刚刚说榛村大和是个可怜的家伙，那是什么意思？”

“就是字面意思啊。”

奈良冈用眼瞟了瞟手边的骆驼香烟，像是在说：“可以吗？”

“请。”雅也说。奈良冈衔上一根烟，点火，享受地喷出一团紫烟。

“嗯……抱歉，刚刚那回答对你太不友好了，我补充一下。”他说，“他的生活环境确实恶劣。母亲连自己有多少根脚趾都数不清，还一次次地把窝囊废往家里带。历任继父都无视他，有时还对他拳打脚踢，打着教育孩子的名义动不动就打他。甚至有人还对他进行过性虐待。但真正可怜的还不是这些。”

他耸了耸肩。

“要知道，当时大多数失足少年都有家庭问题，成长环境恶劣的不止他一个。有不满十岁就被父母强迫卖淫的少女，还有兄弟姐妹中就这一人遭到父母毫无理由的嫌弃只能吃剩饭、睡地板的少年。和他们相比，成长环境惨不忍睹的并不只有大和一个。可是，怎么说呢……”他顿了顿，“那小子……给人一种特别强烈的时运不济的感觉……”

他的声音越来越低。

雅也身体往前凑。

“具体是指？”

“他的天资，应该是相当优秀的。在‘少刑’的时候，他做过精神检查，据说测试发现他的智商超过一百三十。”

“一百三十？特别优秀啊。”

智力指数以一百为平均值，八十以上算正常。超过平均值三十分可是百里挑一的高智商。

“嗯，不过他只是语言性测试的分特别高，动作性测试的结果则很差。似乎是被继父殴打后产生了某种障碍。据说是脑功能部分受损，视觉信息传递到四肢会产生一定的延迟。要不是因为这个，结果兴许还能高上个十到二十分。”

奈良冈的鼻孔徐徐喷出一团烟雾。

“他还有非同寻常的求学意识。据说很早他就向母亲和身边的人提出过把自己送出去给人做养子。说是因为‘不改变环境就没法好好学习’，还说‘想看更多书’。哦，对了，听说江崎先生听到他这么说以后，经常把自己读过的文库本送给他。榛村也的确全都如饥似渴地看完了。”

“主动要求把自己送出去给人做养子，这样的孩子可不多见。”

“你说的对。唉，不过也难怪，他也曾向我提出过。他说：‘再这么下去只能和妈妈一起倒下，等我有出息了可以回来接她，但再这么继续生活下去，则两个人都没有出路。’”

声音中含着些许苦涩。

“实际上在他小时候也确实有家庭提出要收养他。长相端正，又伶牙俐齿，他的自身条件绝对不差。”

“是个好家庭吗？”

“嗯。听说是某个地方没有生育能力的一对学者夫妇。到了最后关头，榛村母亲却突然提出：‘不给钱就绝不放手。’经过她这么一闹再闹，收养的事就彻底吹了。据说她后来又去求人家，说什么‘养孩子果然还是太辛苦了，能不能再考虑考虑’，真是个无可救药的女人，唉……”

“如果当时收养成功，他的人生应该会不一样吧。”雅也说。

奈良冈深深点头。

“我觉得会。唉，祸不单行的家伙。或者应该说，只要和那种母亲牢牢绑在一起，就不可能有什么好运。”他喃喃道。

一段沉默后，雅也问：“榛村是怎么看待自己母亲的？”

奈良冈低声说：“嗯……很复杂。怎么说呢，似乎存在矛盾心理。他爱母亲，同时又对她无可奈何，恨得牙痒痒。对她的男人换了又换一事似乎也感到厌恶。

“不过他应该还是放不下她，还经常说想赚钱尽孝。话虽这么说，后来他母亲发生事故突然走了，这个愿望最终也没实现。”

“事故？我听说是自然死亡的。”

奈良冈摇头否认。

“不，是事故。不知道医生最后怎么写的诊断书，不过她是用药过度，可以确定不是病死。”

据他所说，新井实叶子当时经常从以前一起做招待的同事那里买入治疗抑郁症的药。因为能轻松“嗨”起来，她总是乐此不疲。

出事那天，她像往常一样拿啤酒当水，把药片灌进肚子里。然后又大口喝威士忌，喝得醉醺醺的，稀里糊涂增加了药量。

实叶子的尸体是第二天早上被发现的。窒息死亡，呕吐物阻塞了喉咙。发现遗体的不是别人，正是儿子大和。他当时才十七岁。

“你知道寺山修司吗？一个诗人。”奈良冈冷不防地问。

雅也愣了愣，点头说："啊，嗯，听过这个名字。"

寺山修司是一名诗人、随笔作家、剧作家，还拍过电影，才华横溢。雅也曾被书名吸引，买过一本他的书，记不太清了，好像叫《扔掉书本上街去》。

奈良冈眼神飘忽。

"大和与母亲的关系总是让我想起寺山——又爱，又恨，可又离不开。简直是造孽啊。"

他突然把脸转向一边，用干巴的声音背诵……

"寺山吟咏的短歌。他创作了很多以母亲为题材的俳句、短歌和戏曲，每一部作品都包含了对亲生母亲强烈的爱与憎恨。"

只剩下短短一截烟屁股，他伸手在烟灰缸中捻灭。

"说起来，我觉得大和杀害的那些孩子，眉目间都有几分新井实叶子的影子。不过每个孩子都生长在不错的家庭，气质教养都很好，光从条件上看，和实叶子简直天差地别。"

奈良冈将第二支香烟衔在嘴上。

雅也问："也就是说，他真正想杀的不是他们，而是自己的亲生母亲？"

奈良冈歪头想了想。

"这……谁知道呢？不过就像我一开始说的，那是个可怜的家伙。我现在也这么觉得，太可怜了。一身的天赋却无处可用。至少十到二十岁这宝贵的十年，可以说是被愚蠢的母亲一手毁掉了，这是可以肯定的。”他安静地说。

雅也的目光落在手头的资料上。

看了一会儿后，他开口道：“母亲死后，榛村第二次被送入少年刑务所，出来后就成了榛村织子女士的养子对吧？对于他来讲，算是梦想成真了。奈良冈先生，您见过榛村织子女士吗？”

“只见过一次。”奈良冈回答，“是个了不起的女性，一生致力于帮助弱势群体，特别是青少年累犯回归社会。要是她活得再久一点，继续治愈那家伙心中的创伤……唉，我总会这么想。”

他不无遗憾地合上眼睛。

4

“可怜？哈！开什么玩笑！”

男人咧嘴笑了。

“那家伙是为什么两次被送进‘少刑’的，你知道吗？知道的话就不会这么说了。再怎么说，真正可怜的都是受害者和他们的家人吧？”

眼前这个和榛村大和一起度过中小学九年时光的男人毫不客气地说。

“第一个受害者到现在还不敢出门，说是‘害怕陌生人，不敢出去’。那家伙第二次被捕后，第二个受害者家里被媒体围了个水泄不通，最后实在受不了，只好搬家逃走。房子、工作，全都没了。”

怒气让他五官扭曲。

“可能是着急走，听说房子和地皮都只卖了白菜价。虽然没在新井手中丧命，可毫无疑问，他们的人生已经被他毁得不成样子了。你总不能安慰人家说‘还好没被杀死’吧？不是吗？”

“是的。”

雅也点点头，没有反驳。

根据资料，榛村——当时叫新井大和——十四岁的那个秋天，在公交站搭讪了陌生的小学五年级女孩，以巧言令色将其带到无人的小巷。

他用混凝土块击打女孩后脑，致其晕倒后脱下其裤子，往女孩体内塞入异物。中途女孩有醒来的迹象，为了不让她出声，他又对着她的下腹拳脚相加，甚至站在女孩脸上“蹦了几蹦”。

约三小时后，女孩被路人发现，送进了医院。

好歹捡回来一条命，可内脏多处受损，脸部塌陷，门牙几乎全部折断，右眼球破裂。

根据目击者证言，榛村当即被捕。经家庭裁判所[1]判断后交

1　家庭裁判所：日本法院的一种，负责家庭有关案件的审判和调解、少年保护案件的审批等。

至刑事审判，被判处三年两个月有期徒刑，立即执行后送入少年刑务所。

第二起案子距离他从少年刑务所出来仅半年。

当时母亲实叶子已处于重度药物依赖状态。对于这样的母亲，他看不下去，于是几乎不回家。他偷了母亲钱包里的钱，睡在公园或附近的破房子里。

有一天，他绑架了一名路过的小学男生并将其监禁在破房子里。他用搬家用的胶带绑住男孩手脚，往其嘴巴塞入烂布。榛村白天在外面，到了晚上就回到破房子里肆意虐待男孩。

第四天，男孩被发现时，十指全部骨折，八根手指的指甲被硬生生拔下来，左脚的小趾和二趾被切断。因为反复被虐待和殴打，肝脏部分受损，单侧肾脏受损。其间男孩没有进食，只被强行灌入了自己的尿液。见此惨状，现场的警察无不瞠目结舌。

“从小就无法无天的家伙，警察还真敢放虎归山。为什么不早做好跟踪，不就能迅速逮捕了？”

男人义愤填膺。

是啊——雅也含糊地点点头。

可被放虎归山的并不只有榛村。杀害二十二人的胜田清孝此前曾隐瞒被送入少年院[1]的经历，成了一名消防员；闯入小学杀害二十三人的宅间守当初在离开少年刑务所后，又犯下了十五桩案件。

大久保清、小平义雄也都有过前科。尤其是小平义雄，他犯的是重罪，杀害了包括前妻在内的六个人。尽管有前科，可他们却能大摇大摆地走在街上，直到被逮捕。

回到榛村身上，可能和他离开老家跨县作案也有很大关系。日本警察很优秀，可一旦涉及跨辖区就几乎无法协调。那个地铁沙林毒气事件也是，到现在还有人说，但凡各县警察和公安能互通信息，就能通过强制搜查防患于未然。

雅也重新振作。

“你在小学三年级和初中一年级时好像和榛村大和同班。”他问，“当时他是个怎样的学生？”

“是个恶心的家伙。”

男人脱口而出。

“总是一个人，应该是没有朋友。经常在教室角落里自言自语，然后突然怪笑。大家对他的评价在‘可怜的孩子’和‘问题

---

1 少年院：受日本法务省管辖的机构。被家庭裁判所判处保护处理的未成年人会被送入少年院接受教育和回归社会方面的支援。

儿童’中两极分化。”

“他小学的时候就开始自言自语了吗？”

“应该是。上了初中多少好了一点。不过，不管怎么说，我一直小心不和他走太近。”

“是因为害怕吗？”

“嗯，害怕，而且父母也再三叮嘱。他们不是经常会说嘛，‘不要和那个小朋友玩’，就是这种。”

男人苦笑着，耸了耸肩。

“而且，他妈妈也很奇怪。看到稍微好看一点的男人，就朝人家使眼色，连路过的初高中生也不放过，十分怪异。她以前很漂亮，大家也就没见怪，后来不知道从什么时候起，整个人面黄肌瘦，像一副鸡架似的。与此同时，脸上的妆却越来越浓，后来终于像是用记号笔涂鸦过一般……简直没法看。”

“她晚年似乎有药物依赖。”雅也说。

男人点头认同。

“好像是。听别人说她是因为药物服用过量死了。在我们这些外人看来，不过是时间问题。大家都觉得她活不了多久。”

“据说发现她尸体的正是儿子榛村……新井大和。你记得当时他的状况吗？”

“不记得。”

男人摇摇头。

“啊！这么说，当时好像在路上遇到过他。不过也没有打招呼，只是远远见到而已。”

“他看上去失落吗？”

“好像是的。浑身脏兮兮的，像个流浪汉，坐在路边发呆。记得当时我还感叹，这种家伙原来也会为父母离世而难过啊。”

处理完母亲丧事后的第二周，榛村向警方自首，承认自己是少年监禁案的凶手。

警方当时已经将他视为最大嫌疑人，正在加紧侦办案件，但还没有完全确定凶手。主要是因为被害人一直处于应激状态，无法好好做证。

榛村大和的行为被视为自首而非自动投案，这大大影响了后来的判决。

“你认为母亲的死和他的自首有关系吗？”雅也问。

男人想了想，说：“不能说完全没关系吧。这个世界上母亲只有一个，对谁来讲都一样。就算他母亲那个样子，对他来讲也是不可替代的吧。”

和说的话相反，他的语气中并没有同情。

“对，新井同学很不幸。不过我觉得他母亲才是真正不幸的那个。”

新井大和小学五、六年级的同班女同学脸色沉重地说。

她选择了一家购物中心的星巴克作为本次会面的地点。雅也迟到两分钟后进去时，她已经坐在靠里的沙发上低着头啜饮星冰乐了。

“你说不幸，具体是指什么呢？”雅也追问。

女人稍作犹豫。

“她，嗯……本来不是应该受到福利保护的吗？”她压低声音继续道，“这么说可能带点歧视，她明显是智力……也就是所谓的弱势群体。大家经常说她淫荡、轻浮什么的，那是因为她只能通过给别人提供性服务这种方式才能得到他人的关心啊。那些乘虚而入、不断捉弄她的男人才是真正的罪魁祸首，不是吗？可受到谴责的却只有她……我一直无法理解，为什么只有她受到这么多指责。”

女人抿紧嘴唇。

雅也十指交叉。

“听说您当时住在新井家住过的那个公营小区附近。”

“嗯，中间隔了一条马路，不过垃圾站是同一个，所以早上经常打照面。”

据她所说，三十五岁前的新井实叶子是个“大美女”。

“听她开口说话可能会觉得诧异，她站着不说话时，就像女演员或模特那么好看。新井同学也是个美少年。不过大家都不怎么待见他们，对他们态度非常差。”

“您当时还是个孩子吧，是说大人们在孩子面前也毫不掩饰对他们的歧视吗？”

“对的。我父母就是这样，有很多父母觉得新井同学的智力也不太好。就算真是这样，也不能这么心安理得地瞧不起人家吧……我当时真的烦透了这些。”

她眉头紧锁。

“当时的榛村大和成绩好像确实不太好。”

雅也故意诱导。

“成绩确实是。但新井同学脑子特别聪明，班上同学都知道。虽然有同学知道他聪明还欺负、戏弄他，不过应该没有任何一个同学真心觉得他智力上有缺陷。”她断言。

雅也继续追问：“榛村大和似乎在义务教育阶段遭到过大家的孤立。请问欺负和戏弄，具体指的是什么呢？”

“有点难以启齿……主要还是和他妈妈有关的污言秽语，还有就是说他很臭、不爱干净、总是不换衣服之类的。”

女人垂下眼。

“最可恶的是，那些欺负新井同学的孩子经常把他的课本、体操服扔进学校马桶里。因为他们知道新井同学家里没钱买新的。新井同学只好默默地把东西从马桶里捡起来，第二天干了再带过来。那些欺负他的同学第二天就嘲讽他：‘脏死了，臭死了，真是好意思，掉到马桶里的东西还带过来。’还不是拜他们所赐？！对吧？”她难过地笑了笑，“要是我能帮他就好了……不过，当时我在班上也不起眼，害怕连自己也受到欺负，所以每次都装作没看见。我觉得当时很对不起新井同学。”

她深深地低下头，又添了一句：“时代可能也不好。”

“时代？”

“嗯……我也不知道能不能说清楚。”她支吾着说，“这是我自己生完孩子才知道的，很多事情如果能得到政府的帮助会立马轻松很多。当然，新井同学的母亲应该不了解这样的制度，也没有机会了解，身边更没有一个人能给她出出主意。所以我想，新井同学家的情况或许是周围人的偏见与蔑视、政府人手不足以及母亲的无知等方方面面的因素叠加产生的悲剧。”

她咬紧嘴唇。

“该怎么说呢……当时像新井同学这样的母子单亲家庭，可能是福利的真空地带。当时的社会环境对弱者并不够友好，也很少有人关注他们。在这种不幸之下，新井同学和他妈妈只能越陷越深。”

雅也平静地插一嘴：“抱歉，请问您知道榛村大和为什么会进少年刑务所吗？”

“嗯。”

见她点头，雅也继续问：“他是因为什么被问罪的也知道吗？”

“当然，我还看过报纸上的报道。我们那儿是个小地方，被害人的相关情况也到处都传遍了。”

女人斜着眼睛看了看四周。

“但我还是觉得不能只责怪新井同学。当然，受到新井同学伤害的孩子们的确很不幸。我可怜他们，也感到同情。不过从另一个角度看，我觉得……新井同学也是受害者。”

5

“这个呀，阿和可喜欢了。”

男人说着，露出腼腆的笑容。

雅也见的第六位证人是榛村最后一个继父。他拒绝雅也去他家，选了车站前的这家老牌甜品店作为见面地点。

墙上糊着灰石灰，环境不算好，客人也不多。男人挖起一勺冰激凌，将刚刚的话又重复一遍：“阿和可喜欢这个了，我以前经常带他来。”

“阿和”应该就是榛村大和。

男人点的是什锦甜凉粉。不过不是最近店里常见的上面盖满了水果和鲜奶油的那种，而是只有红豆和香草冰激凌的简易版。

雅也喝下一口颜色艳丽的哈密瓜苏打水。

“抱歉，请问您是和新井实叶子还有她儿子大和一起生活过的最后一位……是吗？”

男人咧开半边嘴角笑了笑，说：“应该是吧。”

他看上去不到五十五岁，皮肤被太阳晒得粗糙，可五官端正。资料显示他比实叶子小不少，那么年龄应该和看上去差不多。也就是说，他和榛村大和应该只相差十岁左右。

男人是历任继父中唯一没有殴打榛村，并且没有对他置之不理的人。不仅如此，还很疼爱他，发工资那天必定会带他去甜品店或者蛋糕店。

实叶子和他的关系从榛村十二岁时开始，持续到榛村十三岁那年的秋天。

分开的原因是实叶子有了新的男人。不过，据说他们当时围绕“大和跟谁”产生了很大的争执。

实叶子并没有表现出太多对儿子的执着。反倒是这个没有血缘关系的继父不肯放手，坚持大和跟着自己更幸福。

可榛村本人想跟妈妈。

“其实我想和爸爸还有妈妈三个人一起生活。”

分别之际，榛村曾悄悄这么对他说。

“但如果一定要分开，我只能跟妈妈。”他这么说，然后失落地笑了。

“做大人的，是绝对不能让孩子露出那种表情的。”男人嘴里嚼着红豆，摇摇头，“真的，既然为人父母，无论如何也不能让孩子露出那种表情、说出那种话。那是作为一个人最基本的……怎么说，那个……”

“尊严吗？”

“没错，说的对，就是这个！”

男人频频点头，不知道他是真明白了还是怎么样。

但他和实叶子的争执多少给榛村带来了好处。由于二人长时间拉扯不清，实叶子新的“男朋友”恼羞成怒地离开了她。

自那以后，实叶子就放弃了把男人带回家并频繁更换同居对象的习惯。至少再也没有把人带来，强迫儿子叫人家爸爸了。所以从结果上看，雅也眼前的这个男人就成了榛村最后的继父。

雅也问：“你有没有想过，要是当时自己把他带走的话……”

“当然想过。”男人直截了当地回答，“阿和对公交车站那个女孩犯事儿的时候，我离开才不到一年。不知道有多少次，我一直后悔，要是当时强势一点，强行把他从实叶子那里接过来……我要是在他身边绝不会让他做出这种事情的，绝对不会……”

说到这里，他顿了顿。

“人家好好的女孩儿……要是……要是我在他身边，绝对不会……不会的。我在的话……”

他反复说着，声音微微颤抖。

雅也沉默着。等他平静下来后，雅也问：

“在您眼中，榛村是什么样的孩子？”

这几天他已经重复问了很多遍这个问题，但还是忍不住要问。因为每个人对榛村的印象，差别实在太大了。

眼前的男人回答：“阿和是个胆小的孩子。睡觉前经常闹脾气，他说怕黑，怕一个人睡。没人陪他睡的时候，他经常尿床。”

男人皱紧眉头，摇了摇头。

“可实叶子总是把他尿湿的床单晾在外面给别人看见，故意让阿和难堪。十二岁的男孩尿床本身已经很不好意思了，可实叶子根本不明白，她只会歇斯底里地埋怨：‘就是惯多了他才不当回事，到现在还尿床！’”

“尿床啊……”雅也点点头，继续问，“听说他还有伤害小动物的习惯？”

专家说，夜尿症、虐待动物、纵火是连环杀手幼年时期必定会有的征兆。实叶子的表姐也说过榛村动不动就虐待小猫。

可这个男人却只是摇摇头，说：“我不知道。”

“那他喜欢玩火吗？”

“你是说用火柴什么的搞恶作剧吗？嗯……不太清楚。烟花倒是很喜欢，夏天的时候我禁不住他的央求带他玩过几次。”

他似乎没有很在意。

雅也决定换个提问的方向。他把手放在桌上，身体前倾。

“榛村大和犯下少年监禁案后，办完母亲的葬礼就去自首了。那场葬礼你是不是帮了他很多？”

“没有，算不上很多，不是什么了不起的事儿。”

男人苦笑。

“有保护司的老师在场，我只是陪着他做了一些事务性的事情而已。葬礼我也没帮什么忙。先是请人把实叶子拉去火化，然后请来和尚对着她的骨灰念经，就这些。不过实叶子那家伙，不知道是不是因为药喝多了，骨头特别脆。我用筷子去捡，筷子一碰上去，骨头就碎了，费了不少工夫。”

他说完，发出干笑。

雅也看着手头的资料，说：

“后来，榛村在十九岁多的时候离开少年刑务所，成了熟悉少年犯罪与虐待的人权活动家榛村织子女士的养子。您见过榛村织子女士吗？”

“没有。”男人摇头，“我没见过她本人，但收到过一封非常礼貌的信，给我的感觉是她是一个可靠的人。虽然我很遗憾没能接走阿和，但也算是松了一口气。”

话里不像有假。

可榛村织子死后，榛村又走上了行凶的道路，而且这次是无止境的连续监禁杀人。

——要是当初榛村大和成了他的养子……这样的话，那些惨无人道的连环杀人案是不是就不会发生了？被爱包围的榛村是不是会走在正道上度过平凡的一生？

男人笑了笑，没有理会陷入沉思的雅也。

“对了，听说阿和在榛村织子女士的帮助下开了一家面包房，那孩子从小就喜欢面包。不仅是面包，所有甜的东西都喜欢。上面抹了奶油，吃起来脆脆的那个，叫什么来着……哦，丹麦酥。每次给他买这个，他都高兴得不行。”说到这里，他突然停了下来，说，“说到这个我想起一件事，呃……我可以说吗？”

男人有点迟疑。

雅也点点头。

“请问是什么？”

“嗯……这件事我还没有对任何人提起过。”

男人犹豫了一会儿，说：

“阿和他……把实叶子的骨灰……吃了。”

“什么？！”雅也不禁反问。

“就是他……把手伸进那个盒子里，取出一些，放到嘴里嚼了嚼。”

男人说，脸上依旧是苦笑。

“我当然阻止他了，阻止了。可阿和还是说‘想吃’‘就吃一点点’。于是他吃了一点点化成灰的实叶子。”

雅也目瞪口呆。

男人舀了一勺红豆膏放进嘴里，在话题间隙微微一笑。

“我不太了解，不过榛村织子女士好像是个挺了不起的人，对吧？我自认为尽可能多地关爱了那孩子。不过，对阿和而言，亲生母亲应该是最特别的，不同于我和榛村女士，她是无法代替的。”

店门口挂着的过季后忘收起的风铃发出刺耳的声响。

“这是您的会员卡，请收好。”

收银台的女店员把全国连锁店通用的网咖会员卡交还给雅也。

这是家整洁的店铺，吸烟区和禁烟区完全隔开。

雅也先走向饮品台，装了一杯玉米浓汤后回到卡座，打开电脑。

他伸手按亮台灯。

将USB插入电脑，打开文字编辑器后，他立即着手整理今天搜集到的信息。

他手上敲着键盘，嘴里嚼着便利店买来的水果面包，嚼了一会儿后用玉米浓汤冲进肚子里。

附近卡座传来咖喱和拉面的香味，但他现在没空点吃的。

这是来到榛村大和故乡的第三天，预算已经花到了极限，不够的部分只能靠免费饮品、热汤、味噌汤等填饱肚子。

整理间隙，雅也看了一眼手机，灯里发来一条短信：准备休息到什么时候？他选择视而不见。

“从少年刑务所出来两个月后，成了榛村织子的养子……”

雅也自言自语。

自那以后，榛村再也没有回来过，完全切断了与故乡的联系。故乡的成长环境对他而言实在太恶劣了。

他输入榛村织子的名字，找到了维基百科的相关词条。她是一名未成年人犯罪研究领域的专家，出版了四本著作。出版方是名不见经传的小出版社，但其中两本后来又做成了文库本。

她死后，新井——不，榛村大和又开始了犯罪，而且手段更加恶劣了。他虐待数十名少男少女，然后将他们杀害，残忍至极。

诉前鉴定显示榛村有刑事责任能力。根据资料，他还接受了起诉前正式鉴定和公审鉴定，两次鉴定相隔两个月，都是同样的结果——重度人格障碍。但，有责任能力。

雅也脑海中回想起这几天听到的话：

“多么聪明的孩子啊……每次想起都无比心痛。”

“唉，祸不单行的家伙。”

“新井同学家的情况或许是周围人的偏见与蔑视、政府人手不足以及母亲的无知等方方面面的因素叠加产生的悲剧。”

私生子。恶劣的成长环境。没责任感也没有能力的母亲。

周遭的蔑视，欺辱，继父的身体虐待和性虐待，渴望又得不到的教育，即将实现时突然破灭的领养心愿。

雅也若有所思地咬着指甲。

电脑屏幕的光格外刺眼，仿佛要刺穿视网膜。

最后的继父说："阿和他，把实叶子的骨灰……吃了……"

亲生母亲的骨灰究竟是什么味道？

榛村究竟是怀着怎样的心情把母亲的骨灰放在舌头上，咬碎，咽下去的？雅也根本无法想象。

雅也喝了一口已经变得温暾的第三杯玉米浓汤，微热，有泥土的味道。

6

"可以了解下你的两位母亲吗？"

"两位母亲？"

透明隔板那边的榛村反问，他似乎很惊讶。

这是第几次会见呢？雅也想。

他已经逐渐习惯这种对话模式。不会为了在短时间内多问问题而过度着急，还有想问的下次再来就好了，反正时间有的是。

"榛村织子和新井实叶子。"

雅也说出名字后，榛村理解地点点头。

"抱歉，这两个人的事情五分钟说不完。不介意的话，我给你写信吧。"

他瞟了一眼雅也的包，一本书从未完全拉起的拉链下冒出头来。

"那本书我也看过。"他喃喃道。

按照规定，进会见室前必须过金属探测仪，手机、录音机、摄像机等必须提前存放在储物柜。

雅也每次只是将手机、钥匙盒还有钱包放进储物柜，包则随身带进会见室。第一次会见时，他总觉得身上不抱点东西似乎没着没落的，后来也就成了习惯。即使现在他已经不像以前那样畏惧了。

"之前我拜托律师给我买的。"

他今天穿着合身的白色衬衫和浅色休闲裤。要不是旁边坐了一位管教，倒像是度假休闲的普通男子。

"也奇怪，进来这里后看的都是这些书。在判决下来前还有机会看的时候，想尽可能多看一些。"他说。

"那本书你看完了吗？"

他指了指雅也包里的书。

那是一部关于某地一个俗称"过路魔"，即无动机连环杀人凶手的报告文学。在这部纪实作品里，案件概要自不必说，还记录了凶手的生平，并通过家人和前同学的证言，侧面体现了凶手的为人作风。

“还没有。”

雅也摇头。

“偶然在书店看到的，刚买回来不久，抱歉。”

不知道怎么回事，道歉脱口而出。

“不过，我在网上看过，知道案子和凶手的大概情况。凶手好像说什么‘杀人和拍死一只蚊子其实没什么区别’‘觉得杀人有罪的，不过是被老套的常识禁锢了而已’‘人杀人就好比狮子猎杀斑马’。”

“对，对。”

榛村苦笑。

“是个青年，说是自己想死，于是利用了死刑这一制度，还说拿狮子和斑马比喻的话，自己99%是狮子。”

他冷不防垂下眼睛。

“看了这本书就会明白，朋友对于人类精神的正常发育是多么重要啊。”他低声说，“一般人要是过了二十岁，肯定不会说什么‘我99%是狮子’，对吧？中学生就算了，长大成人还这么说肯定会被人背后嘲讽‘太丢脸了’‘他是不是哪根筋搭错了’。不过顶多也就这样了，因为一旦他注意到别人的看法，自然就会反思自己的言行。”

他声音平缓。

“如果他有朋友，哪怕不多，肯定也会说他‘你有毛病吧’‘你说啥呢，笑死了’，然后一笑了之，让他以此为耻。可他没有这样的朋友，自己又不够聪明，无法客观看待自己。多悲剧啊。一般情况下，这在高中就会被周围的人指出并得以矫正，不至于病入膏肓……”

他耸了耸肩。

“记者和医生也很不好，总是用‘内心的阴暗’和‘特质言论’等不痛不痒的词煽动他。阴暗啊，黑暗啊之类的说法相当于是对他妄想的认可。他这样的孩子听到这些只会更加兴奋，觉得‘我果然是特别的一个’，这可不行。需要有人和他正面交流，平等地对待他，既不郑重其事，也不嗤之以鼻。”

“榛村先生是怎样的呢？”雅也下定决心问，“你觉得他和你不一样吗？你刚刚说进来这里以后尽是在看这些书，是想再次确认自己和他们不一样吗？”

“我和他们当然是同类。”榛村毫不犹豫地说，“错误地以为自己无所不能，蠢得要命，所以才落到这步田地啊。”

语气中竟没有丝毫自嘲的感觉，他似乎对目前的处境早已坦然接受。

“不过我至少清楚朋友的重要性。呵呵，不过我真正意识到也是长大成人以后了。”

几秒的沉默降临。

榛村一动不动地盯着雅也，静静地说：

“下次再见时，聊一聊我们的事情吧。”

雅也张开嘴，又重新合上。他徒然地用手背擦了擦额头，犹豫着问：

“我们……是朋友吗？”

“不是。”榛村摇头，“不过，希望可以是。”

雅也走出会见室时，等候室还有很多人。

他掏出手机看了一眼时间——离公交车发车时间还有好一会儿。他在最后一张长椅的一边坐下，打开书包。刚才榛村提到的那本书，他想尽快看完。

可手一滑，书页翻开，趴着掉落在地板上。

他急忙伸手去捡，却碰到从旁边伸出的另一只手。

雅也抬头看去。

是一位看起来二十五岁以上不到三十岁的男子。红棕色的短发，作为没有染发的证据，连眉毛也是同样的颜色。他有些吃惊地看着雅也，眼珠也是带着透明感的棕色。

男子的视线离开雅也，再次看向地板上的书。

“呃……想看吗？”

见他紧紧盯着书名，雅也不禁问道。

“据说看完就会明白……朋友的重要性。”

后半句话差点哽在喉咙里。因为他猛然意识到自己竟然能轻松地与素未谋面的人搭话，突如其来的异常表现令他困惑。

“啊，不。”

男子快速回应，似乎有点吃惊。

他缩回手，苦笑着说：“还是算了吧，就算看了我也看不懂。”

尴尬的氛围笼罩着二人。为了调和气氛，雅也主动开口询问：

“您是来会见的吗？”

“不是。”男子当即回答，“不是的，我只是过来看看，不是真的想见。说实话，我现在还在犹豫，到底是见面还是干脆直接回去。”

男人歪着头直视雅也。

“我……太优柔寡断了。由着自己做主准没好事，听从别人的话反倒轻松。”

红棕色的头发在荧光灯下闪着微光。

“你能帮我决定一下吗？”

“啊？”

听到这唐突的请求，雅也眨了眨眼睛。

男子继续说：“不管你的决定是什么我都听你的，可以吗？”

雅也一时无言。

他不知道男子究竟是何意图。只见他的嘴唇苦笑似的扭曲着，眼睛紧紧盯着雅也，眼中隐约流露出些微恐惧——雅也捉摸不透的恐惧。

过了一会儿，男人背过脸去。

“开玩笑的啦！对不起，我今天真是有点着魔了。”

男子从长椅起身，避开雅也的视线，转身逃也似的离开。

到下一位会见者了。电子叫号声在等候室内回响。

*

她在嘴里反复轻声玩味那些话。

“你决定吧。”“你选吧。我绝无二话。”“放心吧。没关系的，你决定就好了。”

这些话他常挂在嘴边。

她喜欢听这些，喜欢别人这么对她说。这让她觉得自己得到了重视，还有尊重。

最后那天，他依旧是这么说的。

然后她做了选择。其实她不想选，一点也不想，可她不敢违背。

——要是没说那些话就好了。

话刚说出口她就后悔了，可已无法挽回。他接受那个回答，转身离开，而她也没能挽留。

现在她知道了。那些他常挂在嘴边的话其实是一句句诅咒。

所以事到如今，她依旧被牢牢困住。

这辈子都无法挣脱那些诅咒了吧。她将带着后悔独自过完这一生。因为只有那个施咒的人才能解开诅咒。

缓过神来，房间已浸入暮色。

夜晚又要来了。

黏糊糊、浓厚而深沉的不眠长夜。

第三章

1

从车上下来，眼前的景色一片灰暗。

绿色的行道树、鳞次栉比的便利店的鲜艳招牌、穿行而过的多彩车流，全都暗淡无光。在雅也眼中，这个地方的一切似乎都隔了一层灰色的纱帐。

或许是记忆中住宅区的银灰色屋顶使然，抑或是在这里度过的童年时期如今只留下苦涩的回忆。

——唉，算了吧。再怎么想也是徒劳。

雅也告诉自己。他走出车站，坐上一辆公交车。

正是非高峰时段，车上空荡荡的。他找了一个没有贴爱心专座标志的座位坐下，手肘搭在车窗边缘，支着脸。

公交车行进的舒适的晃动让他不禁反刍几天前的记忆。

那是第三次的面试指导会，雅也穿着那身他带着律师事务所名片四处走访时穿的西服回答了指导老师的问题。

年轻的女指导老师睁大眼睛，丝毫不掩饰自己的惊讶。

“真令人刮目相看啊。怎么回事？筧井同学，你与之前简直判若两人了。”

她的话丝毫不夸张。雅也也觉得与头两次面试指导会中丑态百出的自己恍若隔世。

当时为什么那么害怕？究竟在紧张什么？

又不是正式面试，大学指导老师又不会搞出什么激烈的人格攻击。就算压力面试模拟练习中会提一些尖锐的问题，他们本身也没有恶意。这些是明摆着的，我当时究竟在害怕什么？

他刚走出就业指导室，灯里就跑了过来。

“太棒了，筧井同学！今天全场就你最冷静，特别出众！”

她的眼神仿佛在说“和以前的筧井同学一模一样”。筧井看在眼里，胸口隐隐作痛。

“最近你都没有来上课，我还有点担心呢，不过看到你没事就放心了。不上课也……”

“谢谢。”

他打断灯里，快步离开。

——以前的我……但那真的是“原本的我”吗？我真的生

来就是那样的吗?

现在雅也回头看，一开始是很勉强的，至少不算自然。为了当优等生，为了当好孩子，每天都硬着头皮努力。这些记忆虽然不再清晰，但确实还在。

不知不觉，“能文能武的完美学生”面具就牢牢长在了脸上。父母和老师自不必说，就连他自己也从未察觉有丝毫异样。

当面具长进肉里，雅也开始打心底里瞧不起像灯里那样愚钝的同学。

他当然不会表现出来。心里再怎么咋舌、鄙视，表面上却表现得非常友善，滴水不漏。所以现在灯里看他时，眼中依旧不无憧憬。她看见的，还是当时的笕井雅也。

“你不也这样吗？”笕井喃喃自语。

灯早就亮起，人却还在戏里，所以才那么痛苦。无非是作茧自缚罢了。

——可是……

当时的感觉梦幻般逐渐复苏。

难道是假借名片的力量与证人们对谈给自己建立了自信?就在前不久他还不敢与人对视，觉得全世界的人都对自己充满敌意，在看他的笑话。现在那种感觉竟然烟消云散了。

——难道我正在找回曾经的自己?

——即使不是生来如此，是通过努力得来的当时的“理想的自己”。

——这场调查究竟会给我带来什么?

雅也在窗沿撑着脸，看向玻璃另外一边。也许是心理作用，景色似乎一点点鲜明起来。

2

“唉，当时真是吓了一大跳。村里都乱成一锅粥了，谁也没想到是他呀。唉，真的不敢相信……”

老爷爷擦了擦额头上的汗说道。

雅也心想：也难怪，榛村被捕是与这清静的农村完全相悖的足以动摇村史的大事。

他面前的老爷爷是榛村以前的邻居。

榛村经营面包店时曾居住的这个村子一共只有六户人家。

说是邻居，其实老爷爷家和榛村租的房子隔了约两百多米。

最近的一栋房子都是这个距离，也难怪不管榛村在院子里折腾烤房还是养鸡都没人提出不满。连环杀人事件迟迟未被察觉也是一样的道理。

老人站在院子里，闲聊似的谈起那些事，手中拿着一把竹制扫把当手杖。此刻头上晴空万里，薄薄的毛卷云在风中撕扯。

“你瞧啊，新闻上那些个……受采访的，不是经常说嘛，没想到那个人怎么怎么的，看上去是个好人啊，真是没想到，是吧？真就是这样啊。这一带的人都很喜欢榛村先生。”老人摇摇头，继续说，“不过他刚来的时候啊，很不适应我们这里。在这里大家都是亲戚，本来对外地人就不是很友好。”

“是吗？”雅也有些惊讶，“听说事发后大家发起过签名请愿，我还以为一开始就对他很满意呢。”

“这个嘛，他融入进来也是需要契机的。”老人伸出手指了指，“那儿——看见那家陶瓦房没？和其他房子相比，只有那家比较新，能看出来吗？因为之前的房子失火烧掉了。当时那场火呀，在现场最拼命、出力最多的就是榛村先生。”

他继续说：“你看这一带，全是田地，路也没有铺水泥，消防车停在半路进不来。是他带着消防车从那边的大路绕过来，这才到了起火的房子前，特别巧。”

他用手指在空中画着弧线，解释说：“从那儿——这样过来。

“榛村先生家在最边上，完全不用担心火势蔓延到。可不管是发生火灾时还是火灾之后，最有人情味、到处东奔西走的就是他。自那以后，大家看榛村先生的眼神哪，立马就变了。”

失火的原因据说是丢了烟头没注意，消防车来得又慢，房子很快就烧了个干净。好在房子和房子都隔得比较远，没有影响到邻居家。

“嗯……算是不幸中的万幸吧。”老人摸着下巴说，“这村子就这么大，要是火烧到邻居家，肯定就没法住下去了。还好火势没有蔓延，虽说自己家烧了，好歹也拿到了火灾保险，还知道了榛村先生是个好人。只是烧了一座房子，算是万幸，当时大家都这么觉得。”

他挤着脸上的皱纹苦笑。

“榛村先生提起过他来这里之前的事情吗？”雅也问。

“没有，我也没直接问过。不过他好像和那边那家的治子婆婆提起过，说小时候家里条件不怎么好，吃了很多苦头，母亲很早就过世了。婆婆觉得他可怜，隔三岔五就给他送送橘子、蔬菜什么的。”

“我能找治子婆婆问一问吗？”

“不行啊，治子婆婆今年年初去世了，问不了啦。”

老人摇摇手，眯起眼睛。

“说起来，婆婆临死的时候已经糊涂得很了，可到最后都还在担心他，说什么天气冷了要把大袄借给他，还担心他有没有感冒呢。真是的，那个人哪是什么诱拐少女，明明是诱拐老太太啊。”

“看来他很受老人欢迎呢。”

“可不只是老人，刚刚我也说了，这附近的人都很喜欢榛村先生。唉……看到他被逮捕，可真是吓了一大跳。”

“没有什么预兆吗？”

“嗯……不知道算不算得上预兆。”老人皱起眉头说，“被逮捕前不久，他突然来我家，带了很多自己做的甜甜圈，说是刚烤的。”

按照老人所说，榛村挨家挨户地给大家道歉，“最近遇到点麻烦事儿，要是给您添麻烦了，实在抱歉。如果遇到四处打听我的人，麻烦您如实说就好”。

对此，老人一心以为是好事将近。因为前不久刚听说一位远亲的姑娘在订婚前接受了背景调查。

“啊，榛村先生的春天也终于来啦，我特别高兴。毕竟男人上了年纪还没个着落可不是什么好事。我说我当然会照实说了，他就哈哈大笑。”

老人撑着扫帚，发出一声长长的叹息。

“不瞒你说，我家有个孙女。当时差不多七八岁吧，对他那叫一个亲热啊。经常跟着他去游戏厅之类的地方。听我孙女说，他干什么都很厉害，请他帮忙抓的毛绒玩具和点心之类的，在房间里堆了满满一大堆。”

据老人所说，那天送完甜甜圈回去的时候，榛村把在院子里玩耍的孙女叫过来，当着老人的面对她说：“你真的太可爱了。要是我像你这么大的话，肯定会喜欢上你的。千万别忘了我哦，拜拜。”

“榛村先生被逮捕后，我家儿媳妇简直要疯了，一直逼着孙女问有没有被他怎么样，有没有被摸哪里。可小孙女完全不知道发生了什么，只是愣着不说话。”

“榛村似乎只对十五岁以上的青少年有兴趣。”

“好像是。他应该真的对小孩子没兴趣。我看了很多遍新闻和报道，说是他好像只对高中生那个……”老人摇摇头，叹着气说，“哎，太怪了。像我这样的老头子，到底是理解不了。”

“我能最后再问一个问题吗？”雅也抬眼看着老人，问，“您觉得，榛村是个坏人吗？”

“嗯，当然。”老人毫不犹豫地说。

“他瞄准年轻的男孩和女孩，残忍地杀了好多人呢。这种家伙不配做人，这是肯定的。要不是坏人，哪能下得去手？！”

他说得斩钉截铁。

“不过啊……”他放低音量，又接着说，“要是那家伙现在跑过来跟我说他从警察那里逃出来了，要到我那儿躲一躲，我说不定会答应他呢。啊，坏当然坏，他是个坏人，这我知道，也不想再让他接近我家孙女。嗯……不过我还是对那家伙恨不起来。”

3

雅也接下来会见的中年妇女是面包房“Roshell”以前的常客。

“孩子们都长大成人，自立门户了，现在我和老公还有婆婆三个人一起生活。偶尔放松一下也好，能在车站后面的咖啡店见面吗？”

她在电话中对雅也说。

咖啡店比想象中要时髦。

别出心裁的装修带来一种异国情调，以白色和薄荷绿为主的内饰营造出广受女性喜欢的时尚又不乏优雅的空间。

“以前我忌惮婆婆，到这种店里一个人好好放松一下简直想也不敢想。现在年纪大了，脸皮也越来越厚了。”女人笑着说。

“听说您以前是榛村面包店的常客。”

雅也放下手中的咖啡，开门见山。

女人点点头。

“嗯，那家店挺好的，热情，气氛好，面包也好吃。店主还是个帅哥。我估计七到八成客人都是女性吧。真想给你看看哪，当时那叫一个热闹。”

“我知道”——雅也忍住没说。

他隔着平光眼镜的镜片，不动声色地看了看女人，说不定以前在店里见到过。可他没有印象，女人也对雅也没有什么特别反应。

“听说您在店外也和榛村私下见过几次。”

女人付之一笑。

“只见过一两次。啊，不是出轨什么的，没有发生那些奇怪的事哦，只是找他商量了一些事情。”

“商量？”

“嗯，商量。不过我也不是一开始就和他走得很近的，起初我们只是简单地寒暄。像什么‘最近老是下雨呢’‘那边修路好吵哦，真是伤脑筋’之类的。”

“这是老板与客人之间正常的寒暄而已。”

“对呀。后来他时不时会送我一两个面包，还意有所指地说什么‘有需要请随时找我’之类的话。时间长了我也开始稀里糊涂地向他抱怨一些家里的事。”

女人捧起欧蕾咖啡的杯子。

“说实话，我第一次来这家店也是和榛村先生一起的……”

她腼腆地垂下眼睛。

据女人所说，那天到店里买面包，榛村突然对她说：“十二点在车站后见面吧。”至于为什么见面、为什么和她见面，则一概没提。

女人回家后十分苦恼。她最后还是向婆婆谎称："超市来电话说零钱找错了，让我过去取一趟。"婆婆觉得关系到钱就同意了。女人于是逃也似的出了门。

当时她没有什么手机之类的通信工具。仅仅是口头上的约定，她以为榛村不会来。可没想到榛村真的来了。

榛村带女人来到这家咖啡店，在最里面的座位上坐下。

"放心吧，这里很安全，你家人不会知道的。"

说完，他露出迷人的微笑。

女人于是打开了话匣。

说她和老公是公司上司介绍的，有点像是相亲。登记后他们马上就和公公婆婆住到了一起。后来公公脑溢血，她不得不辞去工作，在家照顾。还说婆婆几乎不帮忙照顾公公，成天到处闲逛。

辞职后她没了收入，也失去了在家里的话语权。明明因为照顾公公过于劳累，整整瘦了八公斤，丈夫却一句感谢的话也没有。在公公身体好时，婆婆还只是背后说她坏话，现在已经完全无所顾忌，处处刁难她了。

婆婆说她一介妇人竟然和一家之主坐在一张饭桌上，简直不识好歹，命令她一个人坐在厨房吃饭。"臭死了，臭死了"，每次给公公处理排泄物，婆婆总在一旁说风凉话，还说女人既嫁从夫，别说是回娘家了，就连联系也不让。

公公在病倒第七年离世之后，婆婆还一味地把责任推给她，说“都是因为你没做好”“是你杀了他”。就连葬礼上也不消停，还一直责怪她。丈夫连一句话也不替她说。因为家里乌烟瘴气的，儿子们宁愿在外面闲逛也不想回家。

彼时，她除了最基本的家务，什么也不想干，成天坐着发呆，越来越觉得活着也没什么意思，不如死了算了。死了以后也不想和老公、婆婆埋在一起。等孩子们长大成人，也就对这个世界没什么留恋了。

犹如决堤的洪水，女人滔滔不绝。

榛村安静地听着。等女人说完，他微笑着说：

“你试试这么做——想象自己身后的手上握着一把刀，然后站到婆婆面前。听好，可不能真的藏一把刀哦，只是‘想象’背后的手上握着一把刀而已。带着这样的感觉，把婆婆从头到脚仔细看一遍。”

女人哑口无言。她不知道榛村是什么意思，但在他的再三劝说下，她还是答应了。

回到家，她按榛村所说的试了试。

女人觉得，再不济也只是被婆婆恶狠狠地瞪一眼，大骂“看什么看”，反正她平时也这样，或许还会被她用拐杖打几棍。婆婆最近突然变得异常粗鲁和暴躁。不过没关系，反正不管她做什么婆婆都不满意。事到如今，打两顿也是打，打三顿也是打，已经无所谓了。

女人便听从榛村的建议“想象自己身后的手上握着一把刀”，站在婆婆面前，从上到下扫视了她一遍，每一个毛孔都不放过。

如此仔细地观察婆婆还是头一次。

于是，她看到了一位骨瘦如柴，缩了整整一圈的老太婆。

什么嘛，不就是个干瘪的老太婆嘛——她万分震惊。

想来婆婆已经快八十岁了。快八十岁的老太婆，一刀下去没两下就死了吧？甚至不用拿刀，一记耳光就能把她扇到墙上。

女人的体格比她强多了，手臂比她粗，个子也比她高。真要打起来肯定吃不了亏。那还怕什么呢？不就是个小老太太嘛。

“看什么看！恶心死了。”

婆婆破口大骂。

要是平常，她已经在低声下气地乞求婆婆原谅了。这次，她却只是嗤之以鼻。

随后，她伸出惯用手，对着婆婆的肩膀轻轻捅了一下。

婆婆当即不知所措，脚下一软，一屁股坐在了地上。“你要干吗？！”“要杀了我吗？”“可怕的女人，我要告诉我儿子！”女人只是站着，一动不动地俯视着在地上哇哇乱叫的婆婆，一句话也不说，直到她闭上嘴，脸色发青，眼中充满恐惧。

看到脸色煞白的婆婆低下头，女人终于开口：

“孩子他奶奶，你以后说话前最好想清楚。”

婆婆什么也没说。

自那以后，婆婆完全换了一个样子，再也没骂过她，也没用拐杖打过她。虽然偶尔还会吼两句，但只要女人瞥她一眼也立马就安静了。

以前丈夫和母亲一起对她挑三拣四，不知道什么时候也开始看她的脸色了。

她再次坐上了餐桌，儿子们也自然回来了。

原来如此啊——她恍然大悟——竟然这么简单。不是因为这些人比我了不起、比我强所以才骑在我头上。他们只是习惯了瞧不起我而已。而让他们不可一世、横行霸道的不是别人，正是我自己。

女人赶紧去面包店向榛村道谢。

“听了您的建议——没有真的带刀，真是太好了。”她说，“要是真的带了……那个时候，我……也许就用了。”

榛村听后说：“是吗？早知道我就说‘请带一把刀去和她决一死战’了，太可惜了。”

说完，他爽朗地笑了。她也笑了。

后来，她每次想起当时这段对话都觉得后背发凉。榛村被捕的新闻，她是在家里的电视上看到的。

就在看到新闻的五天前，她刚和榛村见过面。

“每次都受你照顾，都不知道该怎么感谢才好。”

“都是应该的，不说这些。”对于女人的感谢，榛村笑着说，“偷偷和你说哦，你特别像我过世的母亲。”

女人笑了笑，以为又是开玩笑。

三个月后，她看到了有关榛村生平的报道，这才知道他母亲真的死了。

“真是个不可思议的人。和他在一起的时候，总感觉身上有某种自信涌上来。”

女人捧着欧蕾咖啡，若有所思地说。

雅也差点没忍住跟着她点头。她的感受他完全理解，他又何尝不了解榛村大和。

“听说他妈妈是喝药喝多了死的。”女人冷不防地说。

“好像是。”雅也点头。

“一本跟踪报道这个案子的书上写过，还印了榛村先生小时候和他母亲的合照，我就是为了这个才买的。可我一点也不觉得她和我很像……我在他眼里究竟是什么样子呢？”

女人不解。

——没感觉和我哪里像啊。

当然了，雅也在心里同意。

眼前的女人不像新井实叶子，而像榛村织子。

4

雅也出了车站，穿过站前大道，走向便利店，可他不是去买东西的。

在农村特有的超大停车场一角，他约见了下一位证人——曾和榛村大和持续交往过三个多月的女性。

她的年龄应该不到三十五岁，染成栗色的长发垂到肩部以下，穿得很随意，牛仔裤配宽松针织衫。浓艳的口红和斜挎在肩上的品牌包与穿着显得格格不入。

她似乎也是“Roshell”的常客。

“是我觉得他不错主动搭讪的。”

她大方承认。

她死缠烂打地打听到榛村的电话号码，在休息日的前一天晚上约他去看电影并把票强塞给他。他们就这么开始了约会。

“榛村一直很绅士。”女人说。

榛村从未反对过她想去哪里、想看什么、想吃什么的提议。

榛村从未拒绝过她，但也从不主动。电话和短信总是她主动，榛村只是简短回复。

“又不像是完全没感觉。约他他从不拒绝，每次见面也很温柔，接送也很积极。可他对我什么感觉我完全不知道……我很快就把他介绍给了家里人，虽然有点强人所难。”

她撩了撩肩上的头发说。

没有丝毫意外，女人的父母对榛村非常满意，对他赞不绝口，说他性格爽朗、彬彬有礼，是现在难得的好青年。

她的父母希望他入赘。因为她是长女，弟弟又还很小。对于两位老人时而委婉，时而毫不掩饰的反复询问，榛村总是极其礼貌地回应：

“入赘？我觉得没什么问题。”

“同居吗？太好了。我父母很早就过世了，我一直渴望能有家庭的温暖。”

“改建成两户？是不是没这个必要呢？现在的房子这么好，太可惜了。”

就连问他父母是什么时候死的这种不礼貌的问题，他也从不皱眉，只是垂下眼睛，露出长长的睫毛，说：

“父母在我上中学时发生了事故。遇到别人酒驾，发生了连环追尾。他们被夹在两辆车之间，被撞得惨不忍睹、面目全非。好在有亲戚帮着忙前忙后，所以当时的事情我记得不是很清……嗯，后来我就跟亲戚一起生活了。”

得知榛村被逮捕后，女人和父母才发现这些完全就是胡说八道。

可当时两位老人对榛村就像着了魔一样，每天催促女儿：

“榛村下一次什么时候来？”“榛村怎么还不来？”

榛村似乎也很满意她的父母。

“国道边上新开了一家餐厅，据说味道很好。我们下次一起去吧。”

面对女人如此邀请，榛村却说：“嗯，好啊。不过，能不能去你家呀？我觉得你妈妈烧的菜更好吃，而且你爸爸也肯定很高兴。”

于是每次都是去她家。回过神来，两个人独处的时间急剧减少，和家人之间的感情倒越来越深。

这个人，好像不是那么喜欢我，女人想。

这才终于对他隐隐有了些厌恶。

不喜欢为什么还答应结婚？为什么不拒绝？为什么对父母那么唯命是从？

不知不觉间，家里人都成了他的俘虏，张口闭口都是“榛村”。她说不上来，但总觉得哪里奇怪。

这种念头产生后一发不可收拾，直觉在告诉她“不要”“不行”。

她瞒着父母，偷偷把他的电话号码拉黑，“Roshell”也不去了。面对父母的催促，她就以“他店里好像很忙”进行搪塞。

大约一年后，榛村被捕。

全家上下瞠目结舌，一片哗然。尤其是她母亲，因为过于震惊，好长一段时间卧床不起。

不可思议的是，父母至今对榛村也没有过“受到背叛”的愤怒，不时还嘟囔两句“是不是被冤枉了”“真是不敢相信，那么好的一个人”……

雅也抬手推了推平光眼镜，问：“不过你应该和父母有不同意见吧？怎么样？已经完全从他的咒缚中解脱了吗？”

女人没有直接回答。

“后来，最令我不寒而栗的，是知道我弟弟不知什么时候和他走得很近。”她说，“我背着父母让弟弟给我看他的手机，发现他们俩有频繁的短信往来。他对我不闻不问，对弟弟却刨根问底——‘喜欢什么’‘有什么兴趣’‘有什么想去的地方’‘下次带你去吧’‘哪儿都行啊’‘有什么事随时找我’……”

女人双手抱肩，微微一颤。

“后来没有继续交往真是太好了。要不然……我们一家都会毁在他手里。”

雅也见的另一个人，也是自称和榛村有过亲密关系的女人。

女人在公园的长椅上坐下，手里不停盘着小石头。

年龄和身高与刚刚那位相近。不过她超短的发型和没有化妆痕迹的脸颊隐约给人一种少年感。

“你是律师？那应该是站在榛村先生这边的吧？”

女人开门见山地说，随后露出微笑。

“那我就直说了。我早就知道他在对小孩子做很过分的事，不过我没有告诉别人。主要是为了保护他。而且他也知道我知道。”

“为什么？”雅也问。

“嗯？”

“为什么不告诉别人？”

女人浅浅一笑。

“他……好像有种引力，你不觉得吗？”她用大拇指摩挲小石头表面，说，“和所谓的魅力不太一样，是性方面的，是那种吸引力。抓住你，吸引你，不让你离开的感觉。凡是他身边的人都会被吸引。可以这么说，他的影响力很强。”

“我恐男。”女人冷不防说，“小时候有过不好的经历，所以有了心理阴影。但我不怕榛村先生。怎么说呢……他的眼神和态度不会给你不好的感觉。就算知道了他的那些事也不觉得他很可怕，反倒是松了一口气。可能是因为我确定了自己完全在他的性对象范围之外。”

“你是什么时候察觉到榛村在作案的？怎么察觉到的？”雅也问。

女人缓缓摇头。

“不是察觉到，是我看见了。”

“看见了？”

“嗯。带我去他家时看见的。鸡舍后面有一个放农具的小仓库，在那里面……”

据她所说，只是一闪而过。

仓库里铺着一张满是黑色污渍的地毯，上面横躺着一位半裸的少年。可能是遭到过殴打，整张脸浮肿不堪，一只眼睛几乎完全张不开，他的嘴唇是暗紫色，远远看着像是被鼻血堵住呼吸，快要憋死了。

榛村迅速关上仓库的门，回头看着她，问道：“你要打电话吗？”

应该是指打给警察或是其他机关吧。但她毫不犹豫地摇摇头：“不打。”

“我就知道。”榛村微笑。笑容中没有丝毫担忧。

不知为何，女人也眯起眼睛笑了笑。她也不知道为什么要笑，不过她很清楚，自己永远不会报警。

因为小时候的经历，她害怕警察，更不喜欢麻烦。最重要的是，报警会对榛村不利。

榛村继续微笑着说：“谢谢。你今天可以回去了，我会再给你打电话的。”

女人最后一次和榛村对话，是在他被捕前不久。

接起那通电话，女人立马就意识到了。也许是因为榛村的语调，也许是听筒那边异样的空气，总之，她有一种直觉。

“要我收留你吗？”女人主动提议。

榛村还是以一如既往的温柔语调说：“不用。”

他拒绝了。

“不过……还是谢谢你。”他补充道，“你真的很善良。是个好人。像你这样的人，本该获得幸福才对……真是世事不如人意啊。”

这是女人亲耳听到的榛村最后的话。电话很快就挂断了，后来她回拨了很多次，一直没接通。

当天傍晚，榛村被捕。

5

雅也回到车站，立食荞麦面汤底的香味从鼻尖掠过。

他顿时感觉饥肠辘辘。这次回来完全是计划外，为此花了不少钱。现在就连几百块的消费他也得好好掂量。

犹豫再三，雅也在自动贩卖机买了一杯咖啡，加了很多糖和牛奶，勉强骗过舌头和肚子。

雅也啜着咖啡，漫不经心地看向车站外。对面的住宅区围着一面篱笆墙，篱笆上的黄色花朵开得正盛，像一朵朵棉花糖。花的名字他不清楚，眼前的景象却无端挑起一抹乡愁。雅也记得老家院子里也有这样的花，每年都开。

——要不回一趟家吧？

脑子里突然闪过一个念头。

他掏出手机看了看时间——下午一点半。

这个时间爸爸多半在公司，应该只有奶奶和妈妈在家。这样的话，回去一趟好像也没什么。要是赶上奶奶外出上课不在家就更好了。家里多少有些吃的吧。

一番纠结过后，雅也还是打消了这个念头。

就算打不上照面，父亲下班回来也一定会知道。这让他很烦。虽然事到如今他不觉得父亲还会说些什么，不过他还是尽量不让父亲想起自己。

雅也想尽可能地和父亲保持距离。对他而言，勉强上一所自己并不想上的大学也是一种孝顺的表现。不然曾经引以为傲的儿子只是高中毕业，父亲的脸上也挂不住。

他一口喝干咖啡，把纸杯捏扁，扔进垃圾箱。杯底的残渣在喉咙中留下了不适感。

雅也长叹一口气，向站台走去。

他边走边思考与榛村有关的事情。

貌似刻意创造的人格，几近完美的绅士假面，还有早已破碎的雅也自己的“优等生的假面”。

结束漫长的铁道之旅回到公寓，雅也发现邮箱里已经躺了一封信。

看了一眼寄信人，是榛村。雅也当即打开信封。

筧井雅也先生

敬启

调查顺利吗？你那么认真，我有点担心你会不会过于操劳。

前两天见面时，你说想了解我的两位母亲。

关于亲生母亲实叶子，你应该已经通过众人多有耳闻，包括我们的关系如何。

我的母亲，用现在的话说，是一个边缘人物。智力上和精神上都是。

我母亲的母亲的父母——我的曾外祖父母——似乎是非常严格的人。实际上，养育我母亲的不是我外祖母，而是他们。我母亲和外祖母不仅“和别人家的孩子不一样”，还“不如别人家的孩子”。他们无论如何也无法接受这样的女儿和外孙女。

曾外祖父母强行把实叶子塞进普通班级，强迫她和班上同学上一样的课，参加一样的考试。母亲很快就成了吊车尾，被贴上低能儿的标签，遭人排挤。

据说母亲曾提出不想去学校。可他们还是坚持每天早上把母亲送走，就像赶出家门那样。

慢慢地，母亲学会了伪装。她走进附近善良的大叔家，任由他抚摸自己的身体以换取在他家躲避一天直到放学的机会。对于这样的妈妈，我实在无法责怪。

后来，母亲怀上又打掉了好几个父亲身份不明的孩子。在她第四次堕胎后，曾外祖父母把她赶出了家门。

我曾经好像见过一次曾外祖父母。

在得知我能识字、喜欢读书、能正常交流等情况后，他们非常意外。倒不是欣喜，记忆中他们是用一种观察怪物的眼神观察我。那是我唯一一次见到他们。

他们离开后，母亲问："他们给你零花钱了吗？"我说没有。母亲于是笑了："可真是一点没变，小气鬼。"从母亲眼里，我没有看到任何对于曾外祖母的爱与思念。

为了避免误会，我补充一点，我并非要表达对母亲和曾外祖父母的批判，只是想说明她和他们是怎样的人。

接下来是我的第二个母亲。

她叫棒村织子，是一位人权活动家，主要从事保护儿童人权的工作。除了我以外，她还收养了其他几个孩子，不过我应该是和她在一起生活时间最长的。

她自己没有生孩子，始终未婚。因为她曾经也受过虐待。

听说织子妈妈的亲生母亲在她出生后很快就死了，她跟着父亲长大。

由于受到过父亲在性和身体方面的虐待，她决定终生不婚。个中详情她的著作中有所描述，有兴趣的话可以读读看。就我而言，不是很想下笔。

某天晚上，她的父亲喝醉了酒，冻死在路边。

织子妈妈被送进机构里，后来被一对有教养的夫妇收养，从而走上了活动家的道路。

织子妈妈说，她得知我“单亲、被虐待、成为孤儿”的经历后觉得和自己特别像，于是决心收养我。

她将自己没有走上犯罪道路的原因归为“完全是幸运”。不过是遇到了好人、运气好罢了、都是一念之间，这些话她常挂在嘴边。她对我也常说“你是没生对人家”。

在她那里，我读了很多书，学习了关于人权和社会福利的知识，积极参加活动，还第一次受到了正经的家教。织子妈妈从筷子该怎么拿、鞋该怎么摆开始，一点点教我。于是我从“新井大和”脱胎换骨成了“榛村大和”。

你应该只认识榛村大和吧。新井大和是个更加粗暴、易怒、没规矩、满嘴污言秽语的人。

新井大和与榛村大和虽然是同一个人，但看一眼就能发现二者截然不同。就像《基督山伯爵》中的埃德蒙·邓蒂斯和基督山伯爵。不过埃德蒙·邓蒂斯是个善良的人，而我不是。所以我现在才会在看守所，这你也知道。

织子妈妈在世时，我以为自己已经完完全全变成了榛村大和，再也不是新井大和了。

可她死后我才发现，有些地方我仍没有进化完全。

或者说，榛村大和的人格既没有我以为的那么理性，也没有那么理智，这让我感到无比羞耻。

在织子妈妈的帮助下，我搬到一个没有人认识我的乡下，开了间面包房。店里生意做起来的时候，亲生母亲实叫子自不必说，养母织子也离开了人世。自那以后，无论我做什么都再也不会有人感到心痛了。我的紧箍咒解开了。

于是我再次成了一名罪犯。

这就是关于她们我想说的一切。

希望你看完这封信后依旧还有再来看我的念头。

谨上

榛村大和

雅也折起信纸，靠着墙壁出神。

他在书桌前坐下到拿起笔时，时间已经过去了三十分钟。想来这还是第一次给榛村写回信。

胸中至今无处倾诉的憋闷、心里说不清道不尽的纠葛，雅也悉数诉诸纸上。

笕井雅也从小和父母还有奶奶生活在一起。

他是由奶奶带大的。作为独孙，也是家业的继承人，奶奶对他百般宠爱。养育上主要是奶奶负责，而他的生身母亲在家里却像个乳母或用人。

笕井家的中心是父亲和奶奶，雅也处在他们的庇护下，与母亲总是有点距离。他偶尔甚至觉得父亲和奶奶才是夫妇……

写这些的时候，雅也想起接受榛村建议“想象自己身后的手上握着一把刀，然后站到婆婆面前”的那个女人。

那个女人受到的是完完全全来自婆婆的刁难，可笕井家的婆媳关系和他们家不太一样。

奶奶完全没有恶意。她只是觉得“自己有养育的权利”，于是自然而然疏远了儿媳。对于奶奶的这种行为，父亲也丝毫没有疑问。

母亲也对自己的立场表示默许。她年轻时父母就过世了，没有娘家做后盾可能也间接降低了她在家中的地位。

记忆中那是在幼儿园大班的时候。

“母亲节快到啦，我们给妈妈画一幅画送给她吧。”

老师号召。

雅也毫不犹豫地在纸上画下奶奶和母亲两个人。奶奶很大，在中间，母亲很小，在边上。

和其他小朋友一样，他也用红色蜡笔在画的下方写下几个大字——妈妈，谢谢你。可字的正上方却是奶奶的笑脸。

——两位母亲，啊。

雅也发出自嘲似的笑。

新井实叶子和榛村织子，生母和养母。

笕井雅也的祖母和生母。

雅也这才注意到，他竟然无法想起母亲的笑容。

即使闭上眼睛，浮现在眼前的也只有母亲能乐面具般毫无表情的脸——僵硬、毫无感情、陶器般苍白的脸。

极少数情况下，母亲会在奶奶看不到的时候抱一抱雅也。雅也很喜欢妈妈，可他尽量不表露出来。依旧表现得更喜欢奶奶，一个劲儿地跟奶奶亲近。

雅也以孩子独有的敏锐觉察到，只要讨好父亲和奶奶，家里就能顺利运转。

每次他在学校受到表扬都会被归到“奶奶的功劳”上。相反，受到训斥则会归咎到“母亲基因不好”上面。

雅也最常受到表扬是在学习成绩上。

“每一科都是满分哦。”

父亲每次听到这样的消息总会心情大好，那天对母亲也明显温柔不少。雅也对此非常骄傲，感觉像是自己调和了父母的关系。

被选为班长以及被选为在校生代表在毕业典礼上朗诵欢送

辞时，雅也也是一样的感受。

他努力成为父亲和奶奶眼中的好孩子。幸运的是，一直到小学二年级，他不用特别努力，光靠听课、预习、复习就能拿到好成绩。

只要他依旧是个表现优秀的好孩子，笕井家就一切正常。

雅也不断成长，可从未正视过家庭的扭曲。就这么上了中学，直到中考前。报考的当然是县内数一数二的高中。

中考在即，雅也第一次如此拼命地学习。家里也给他请了家庭教师。不知为何，父亲始终不允许他去校外补课，可能“没补课就考上了”才符合他所追求的社会身份。

当时，雅也心中的精英意识已经根深蒂固。如父亲所愿，他也总是表现出对报班猛学的轻蔑。

努力最终获得回报，雅也考上了。

他离开家，进了寄宿制的校园。可在高中，他一败涂地。他从未如此努力学习，可还是不行。

努力着、努力着，他意识到光靠努力根本无济于事的时刻终于残忍到来。

紧绷的弦啪的一声断了。

经过反复休学，雅也终于离开了高中，但他没能回家，因为没脸面对父亲、奶奶，还有妈妈。

就这么到了现在这步田地。

成了“原神童”，成了大街上比比皆是的“原早熟儿童”，成了自尊心过剩甚至容不下昔日荣光的一具空壳。

父亲对他死心，奶奶为他可怜，母亲则一句话也没有。这就是现在的自己，原原本本的、再真实不过的笕井雅也。

雅也将这一切一字一句写进信里，没有推敲，也没有修改。

写完立即放进信封，写上看守所的地址和榛村的姓名后封好。他很清楚，这是一篇呐喊般的文章。

当然，和榛村的经历比起来，这种程度甚至算不上是悲剧。可即便如此，雅也还是想要写给榛村看。

他觉得榛村肯定能理解自己，不会鄙视，也不会进行自以为是的说教，他确信。那个向常客建议“想象自己拿着一把刀去和婆婆对峙”的榛村，那个对性格扭曲的女人说“像你这样的人，本该获得幸福才是”的榛村。

——“他……好像有种引力，你不觉得吗？”

耳朵深处有声音在回响。

精神科医生说榛村是“典型的精神病患者”。

富有魅力的假面，与丰富的表情形成鲜明对比的毫无起伏的感情、极度匮乏的共情能力、优秀的智力和洞察力。

雅也曾觉得第一位接受访谈的退休老师江崎只是非常健谈。

现在他知道了，迄今为止见过的证人几乎无一例外，只要他稍加引导对方就会洪水决堤般滔滔不绝。里面有些人在案子曝光后被媒体穷追猛打，应该不胜其烦才是。可热度散去后，他们再一次愿意就榛村侃侃而谈。

不管是好是坏，人们无法忽略榛村大和，也忘不了他。于是遇到机会就和同样认识他的人互相交谈，侧面打听。

至于为什么——

为什么会发生那样的事情？为什么他会变成那样？究竟哪张脸、哪句话、哪个态度才是真正的他？

没有天生的杀人犯，雅也认为。

根据他临阵磨枪学到的知识，犯罪社会学中有“遗传说”和“环境说”两种不同的说法。

十九世纪的精神病学家切萨雷·龙勃罗梭将身体的左右非对称性以及特殊样态与犯罪联系起来，认为罪犯是“返祖的天生的犯罪人”。后来，社会统计学家阿道夫·凯特勒和奥斯卡·纽曼等人提倡的“环境犯罪学”开始迅速发展。

相当长一段时间，龙勃罗梭的说法以“会诱发歧视”而不被认可，但是最近似乎又有人拿出来讨论了。

精神与生理的遗传无法完全忽视，但左右精神如何发展的环境更加重要——这种看法似乎是现在的主流。

雅也推测：榛村生物学上的外祖父恐怕也是个精神病患者。

所谓“成功的精神病患者”——将自己的冷淡、共情能力低以及外表魅力统统转化为优势，靠意志和金钱的力量迅速上位。

他的特质也遗传给了榛村。要是榛村被外祖父那边的亲戚收养，现在说不定已经成了和外祖父一模一样的优秀商人，抑或是政治家。

可这一切并没有发生。

榛村大和由生母实叶子一手带大。实叶子智力低，自尊心更低，只能靠向男人献媚和卖身求得生存。他们生存的环境就像她的同居对象一样，换了又换。

对有智力障碍的女人咬着不放的男人多半不是什么好东西。男人们也对榛村拳打脚踢，有时还进行性虐待。他们的抓痕不仅留在了他身上，还刻在了他的大脑皮质上。可能还对他的性嗜好产生了重大影响。

给他定罪不难。

可那些生长在优越环境下的检察官与法官真的有裁决他的权力吗？

没有在像他那样残酷的成长环境中生活过的人——没有饿过肚子、没有遭受过暴力、无忧无虑长大的人，真的有给他定罪的资格吗？

德国连环杀手彼得·库尔滕的父亲有酒精依赖症，每次吃饱喝足就当着儿子们的面侵犯妻子和女儿。

电影《触目惊心》的原型、杀人犯爱德华·西奥多·盖恩成长阶段长期受到强势母亲的压抑。在其影响下，盖恩本已正常产生的知性无法发展。后来对他进行过诊断的精神医生说："他有超越常人的知性，但几乎无法发挥作用。"

邪教教主查尔斯·曼森是一个私生子。从小像个皮球一样被亲戚们踢来踢去，时不时被直接扔进福利机构，甚至曾经以一杯啤酒的价钱被卖了出去。

借着给旅行者搭便车的机会，强奸杀害多名女性并将其头颅砍下来的埃德蒙·肯珀，也曾被生母无故视为眼中钉。他被关在地下室，不停受到辱骂。父母离婚时谁也不愿意要他，把他赶到祖父母家。他就在那里把祖父母杀了。

俗称"史上第一杀人狂魔"的亨利·李·卢卡斯的母亲是妓女，父亲则因为事故双腿残疾。母亲在卢卡斯系鞋带时举起木棒殴打他的头部，导致他昏迷了三天。要不是她的情人因为害怕而将卢卡斯送进医院，他肯定就死了。在一次意外中他的一只眼睛受伤后，母亲时不时就戳弄那只眼睛直到化脓。卢卡斯失去眼球后，母亲用赔偿金买了最便宜的义眼打发他，剩下的钱全部拿去喝酒了。

连环杀人犯的成长环境都惨不忍睹，列举起来数不胜数。

——"出身不幸就可以杀人吗？不对吧？"

——"那些孤儿呀，在福利院长大的孩子呀，活得干干净净、堂堂正正的大有人在，拿出身不好当犯罪的借口简直是对这些孩子的亵渎！"

新井实叶子的表姐怒不可遏地说过这些话。

她说的当然有道理。可不是每一个人都能足够强大、战胜逆境。在虐待中脑部受伤的孩子就更不用说了。

遗传不是一个人的全部，特质和环境也一样。我们无法凭借某种单一要素推测一个人应该是什么样。

可是，继承自父母的特质——易怒、黏人，抑或是冷淡、偏执等，加上恶劣的环境、容易引发情绪爆炸的条件以及后天性脑功能障碍，集合到一起会怎样呢？

这样的话，我也说不准自己会做出些什么，雅也心想。

原保护司奈良冈说榛村是“祸不单行”。这句话肯定没错。

不知不觉间，雅也开始习惯把自己放在榛村的角度思考问题：如果是我的话……

——换作我的话……

——要是我在这种环境里……这种情况下让我选的话……

——我真的能坚守自我吗？

——不清楚。没有自信。正因为没自信，所以恐惧。与其说是恐惧，不如说更接近于畏惧。在意志力毫无作用的东西前，从腹部翻涌而上的是畏惧。

他将这种思绪写进了信的结尾。

在写下“谨上”前的最后一行，他写道：

你的生平经历与为人风格我已经调查完了。

他不确定榛村是否理解这句话背后的含义。

几天后，雅也又收到了一封厚厚的信。

信封上印着“佐村律师事务所”的字样，里面有陈述笔录、现场勘查笔录以及询问证人笔录等一系列公审记录。

榛村还没有定刑，这些材料应该还没有公开。便利贴上附着榛村的留言：

我选择完全相信你。

不过佐村律师本人则比之前更加恳切地叮嘱：

“基于本人嘱托，继续将相关资料送至贵处。资料寄送一事，本事务所只行代理之责。若发生资料外泄等情况，本所将采取相关法定措施，敬请知悉，望海涵。”

雅也翻开资料。

概要和上次那份资料一样，但内容更加详细具体。不同于检察厅开放申请阅读的公审记录，证人的姓名也没有被涂抹掉。

图片资料丰富，甚至有被害人的遗体照片。

雅也庆幸之前已经习惯了书和网络上的图片。可即使这样，除了已完全白骨化的照片，其他的依旧让他不适。皮肤的损伤程度和伤口的深度清清楚楚地诉说着榛村的残暴罪行。

除了现场图片，资料中还有年轻时的榛村和织子的照片。

榛村被织子收为养子时应该已接近成人，照片中的他却如少年般纤瘦。对他的过去毫无了解的人若是看见想必会忍不住夸赞：“真是个笑容甜美的腼腆美少年。”

雅也的手突然停住。

一张照片吸引了他的注意。

那是张合照，十多个人对着相机微笑，中间的是榛村织子，她身边站着二十岁左右的榛村。

照片空白处写有拍摄日期和几个字：志愿者全体成员。每个人的名字也用小小的罗马字做了标记。织子的正下方写着“Oriko”，榛村下面则是“Yama”。除了织子，其他人都很年轻，有的微笑着露出牙齿，有的则没有。

雅也的目光停在最左侧的少女身上。

那是个苗条的小个子女孩。身穿高中运动服，头发分两股绑在脑后，嘴角微微上扬。照片下的名字是“Eri”。

雅也不禁发出一声惊叫：

“妈妈？”

那是年轻的筧井衿子，雅也的母亲。

*

咔嚓、咔嚓，规律的声音在厨房回响。

眼前逐渐堆成一座半透明的白色小山。漂亮的半圆形切片悄然垮下，随即松软地倒在砧板上。

女人正将洋葱切成薄片。她喜欢这项劳动。不，她喜欢一切单纯的劳动。

只要手脚在动，就会让旁人觉得自己在努力工作。不管当时自己脑子里在想什么，他们都不会深究。

她把洋葱切得很薄、很薄。心思则被其他事情占据，不是眼前的蔬菜、锅以及今晚的晚餐，而是到了更加遥远的地方。

咦？刚刚在想什么来着？——女人惊醒。

明明在想事情，几秒前的思绪却怎么也想不起来。一直在回忆着什么，可那究竟是什么呢？想要抓住却嗖的一下溜走了，躲进了海马体的某个夹缝里。

最近老是这样。

她想：我老了，正在缓缓死去，包括我的身体、脑子。我肯定比别人老得快吧？因为从未试图挽留青春，也从不抗拒衰老与死亡。

女人鼻头一阵刺痛，眼泪热了眼眶。

不是因为难过，只是洋葱太辣了。像是老电视剧里的台词，她苦笑道：“我才没哭呢，是洋葱太辣了啦——好无聊啊，真老套。”

——对了，以前好像很介意被别人发现自己哭了。

——以前总是哭，所以不想让人知道。说不定当时还真说过这种傻话呢。

——不过现在已经无所谓了。

——就算被人看见也不会不好意思，也不想找借口解释。因为“哭”这一行为本身早已远去，甚至觉得已经和自己毫不相干。所以……无所谓了。

刀片划过手指。

“啊！”

不是很痛，可她还是忍不住叫出了声。不过是条件反射的行为罢了。

她凝视着手指，没有破开，只是刮到皮肤表层而已，不至于流血。莫名有些遗憾。

把炒锅放在灶上，开火，倒油，放洋葱……欸？要做什么来着？一片茫然。

“喂，在哪儿呢？”

客厅传来声音。

尖锐而混沌的声音，伴随着急促的脚步声。是婆婆。

那个人怎么老是这么聒噪呢？简直像是买甜点送的廉价玩

具，哇哇乱叫着又蹦又跳，直到发条没了力。以为终于消停了，突然又开始重复同样的话：

“啊……好累啊，累死了累死了。真是的，最近体力越来越不行了。”

亲爱的孙子离开家后，她变本加厉，太滑稽了。

“在哪儿呢？喂，在哪儿呀？快回话！”

声音越来越大。

“唉。”女人应声道。

可声音似乎进不去婆婆耳朵，她喊得更大声了：“回话呀！哎呀，真是的！衿子？衿——子！”

“唉！”女人应道。依旧没有回头。

“什么嘛，这不是在嘛。”

婆婆撩开门帘，打量厨房。她的眉头上镌刻着深深的皱纹。

“我说你呀，听见别人叫就要赶紧回应。”

“好的，对不起。”

“说多少次才能懂呢？整天一句话也不说，像根闷棍儿似的站着，真的很讨人嫌。是不是脑袋缺血啊？就因为你老是这样，别人才不把你当回事儿啊。”

“对不起。”

衿子提起嘴角，脸上做出像是笑容的表情。

第四章

1

走进食堂，耳边顿时喧嚣不已。

谈笑声占据听觉，咖喱、拉面和汤底的香味占据嗅觉。雅也从堵在路口说话的学生身边穿过，走向购买餐券的自动贩卖机。

已经很久没来食堂了。稍作犹豫后，他选择了当天的定食套餐。

他将餐券放在柜台，等了一会儿，随后接过餐盘，就近找了个边角位置坐下。

餐盘上是分别装有白米饭、味噌汤、炸鲑鱼、炸肉饼和白菜丝的碟子，此外还有一小块橙子果冻，姑且算是甜点。一共不到五百日元，还算可以。

在拿筷子前，雅也将MP3播放器的耳机塞入耳朵，音乐遮盖了周围的嘈杂。他从包里掏出资料，在膝盖上展开。

他几乎不来食堂，今天之所以过来是觉得回公寓吃午饭太浪费时间了。

有这时间不如多看一行资料。

他本来不想来学校的，可有几节课无论如何也翘不掉，只好在食堂边吃午饭边看资料。

雅也右手拿着筷子，左手翻着资料。

因为腾不出手来端碟子和汤碗，吃相估计很难看。不过他不动声色地观察周围，很快就发现根本没人关注他，于是放下心来。

——没错，根本没人关注我。会嘲笑别人的家伙本来就只有一小部分。

此时此地，根本没有人把他放在心上。大家都在聊天、谈笑、把食物送进嘴里、将吃完的餐盘还回去或者离开食堂。

雅也嘴角露出一丝苦笑。是不是自己太敏感了？以前的他似乎过于神经质，自我意识过剩了。

他至今没有给母亲打电话。

一方面是没想好该问什么、怎么问，另一方面是……雅也与母亲虽说算不上关系紧张，可也很难说建立起了亲密的母子关系。

嗯……后面再问吧，他如此断然地想着，就算那真的是妈妈应该也不是很重要。毕竟在家里，她也总是“不值一提”的人。

雅也的视线突然停在人群另一边。

是加纳灯里。她正和一个男生面对面说着什么，不时放声大笑。

男生有点脸熟，似乎是上次在居酒屋那个看上去对灯里有意思的家伙。两人离得很近。男生抬起手，若无其事地伸向灯里的后背。

雅也心中顿时波澜起伏。

也许是注意到了他的视线，灯里突然扭过头来，眼睛看着雅也，嘴里似乎在喊“筧井同学”。

雅也慌忙移开视线，装作喝味噌汤的样子，继续看着资料。

膝盖上放着的是关于根津薰的资料。榛村第九个立案的案子，也是他坚称是冤案的案子，根津薰是案子的受害人。

雅也尝试扎进资料里，对着文章念出声：

“根津薰，当时二十三岁，是个住在家里的女公司职员。有一天，在离开公司回家的路上突然失踪……”

——突然失踪，然后……二十六天后，尸体被找到。

尸体被扔在泥土地里，被发现时已开始白骨化，无法推断准确的死亡时间。不过从尸体情况看，应该是失踪当晚遇害的。

遇害现场就是发现尸体的那座山。

这一点和榛村大和的手法明显不一样，雅也心想。

榛村是典型的秩序型连环杀手，对受害人有严格的偏好，只对同一类型的人下手。此外，这类人对作案手法非常执拗，一定要遵循特定的流程，营造特定的环境。因为只有达到其本人才能体会的某些严格条件，他们才会感到兴奋。

榛村的习惯是捕获猎物后先监禁虐待数日，过足瘾后再将其杀害。

他恋物的目标可能是手指——喜欢用台虎钳固定住受害人的手指，用铁钳拧断，切下指头后再扯掉指甲。

根津薰虽然双腿和右手骨折，但十根手指似乎都完好无损，指甲也是。

在野外，而且当晚就把受害人杀死并不是他的手法，雅也心想，嘴里嚼着用筷子夹开的炸肉饼。

午饭吃完时，他又发现了其他几个与榛村以往手法不同的地方。

很明显的是，榛村严守作案间隔，间隔时间往往控制在九十到一百天。这显然是他给自己定的规矩。

大多数连环杀手习惯了作案以后为了进一步寻求刺激会逐渐缩短作案间隔，结果反侦查动作越来越马虎，大意与傲慢导致作案手法粗糙，最终被逮捕。

可榛村直到最后都没有打破自己定下的规矩，始终间隔九十到一百天，也就是每年作案三至四次。

他被逮捕是因为带到家中的第十几号“猎物”伺机逃了出去。那个“猎物”是一位十六岁少女。榛村既没有告诉她自己的真名，也没有说自己是面包房的店主。

二人是在市体育馆举办的高中生管弦乐大会上认识的。榛村根据少女穿的校服推测出她在读的学校，然后以“学长”的身份接近她。

“灌入的催眠药剂量明明和平时一样啊。可能她体质比较特殊吧，不怎么起作用。”

榛村在法庭上叹气。

他说：“发现她逃走后我就意识到，啊……完了。”

“怎么说？”检察官追问。

“那个孩子单纯、认真又聪明。我相信她肯定会立马报案并且条理清晰地陈述发生的事情。因为我喜欢并选择下手的全是‘那样的’孩子。”榛村回答，“我不喜欢笨的孩子，总是对不上胃口。”

可那个少女逃走后，榛村依然没有停手。即使觉察到警方的搜查在步步逼近，过了规定的间隔时间后，他还是继续残害少男少女。

作为一种情感寄托，多数连环杀手会从受害人身上夺取“战利品”进行收藏。看着积累的“战利品”，回想作案时的场景，他们会再次达到兴奋状态。

榛村也不例外。他收藏的是左手小拇指指甲，将其装在一个个小瓶子里，有扯下来后打磨整齐的，也有带着皮肤与碎肉的，还有整根手指泡在防腐液中的。总之，他的目标是指甲。

但是在被捕前，榛村处理了所有的收藏——从瓶子里拿出来，分几次撒进海里、河里。

警察后来只发现了一本厚厚的剪贴簿，上面贴着从各种角度精心拍摄的玻璃瓶照片。如果能找到实物，即使发生劣化应该也能从上面提取到DNA。可光有照片……刑警和鉴定人员只能恨得咬牙切齿。

前面也提到过，从根津薰的尸体来看，手指和指甲上均未发现明显外伤。

根津薰是在榛村口中最后一次作案（即警方立案的第八个案子）的一个半月后被杀的。假如他说的是真的，那根津薰一案与榛村大和严谨的杀人周期并不一致。

可根津薰失踪当晚，有目击证人做证：“那天傍晚六点左右在街上见到过榛村。”

证词是说在根津薰工作地附近的十字路口，看到了像是榛村的男子。

可证人似乎并没有看到榛村与她有接触，只是说：“看见了他在根津薰回家的必经之路上。”

“Roshell”面包房的营业时间是早上七点到下午五点半，距离那个十字路口并不算近。迅速关门开车过来的话，大概需要十二分钟。

对于当天晚上的行踪，榛村本人供述：

“东西卖完了，于是提前关了店门。关门后就直接回家睡觉了。”

他一个人住，邻居也离得远，所以没人能给他做证。

榛村坚持否认目击者证言，声称“那天没有去街上”。可并没有足够的证据和证人能够为他证明，这一点他自己也承认。

勉强能客观呈现案发当晚榛村行动的，只有他与一位叫泷内的人的往来邮件，以及他和女高中生的LINE[1]聊天记录，再就是榛村社交媒体上的蛛丝马迹。

当晚他在LINE上与女高中生聊了一个多小时，用榛村本人的话说是“差不多下下次的动手目标”。女孩为毕业后的出路发愁，又不便向父母与朋友吐露心声。榛村则热心又耐心地劝慰。

“你说的我特别理解。”

“夹在自己的愿望和父母的期望之间，滋味一定不好受吧？”

“做父母的还真是健忘呢，经常选择性遗忘自己年轻时候的

1 LINE：一款通讯软件，在日本有很多用户群体。

事情。”

“不过这是你自己的人生呢，好好考虑考虑吧。”

“感觉心烦睡不着的时候可以随时找我哦。”

…………

可这些聊天记录并不能作为不在场证明。检方认为：“榛村完全可能边折磨根津薰边发送聊天消息。”

尸体损伤非常严重，说是面目全非也毫不夸张。暴行开始一两个小时后，她就完全丧失了反抗能力。

根据尸检结果，检方还原的案发过程是这样的：

根津薰负责的业务几乎不用加班。她在每天下班铃响后的三十分钟内下班，考勤卡上的时间基本在下午六点前后。

早有预谋的榛村在公司到车站的路上绑架了她，随后开车将她带到荒无人烟的山中进行殴打和折磨，直到她丧失抵抗能力。在施暴过程中，她的双腿和右手的骨头骨折。

案发两天前山里下过雨，山路泥泞不堪。双腿骨折的根津薰在烂泥中摸爬着，尝试逃走，可每爬出一小段就被揪着脚踝拖回去。

爬，拖回去。再爬，再拖回去。残忍的游戏反复持续折磨着她，直到榛村将她强奸、勒死。

关于榛村没有将根津薰带回家中而是选择在山中作案的原因，检方只给出了敷衍的猜测：

估计是被雨淋湿又沾了泥，所以他不愿意吧。被告爱干净，甚至可以说有洁癖，不想把自己家弄脏。

案发第二天，榛村在早上七点打开了“Roshell”的店门，一如往常。

老顾客们的证词大同小异：“不太记得了，应该和平时没什么区别。”

被害人根津薰已经进入社会四年。

短期大学毕业后，她在名为丸正商事的公司就职，工作地离她家只有一站。公司主营业务是医疗与护理用品租赁，她的主要工作是会计。根津薰家里一共住着四口人，父母、她，还有一个妹妹。她没有男朋友，作为年轻女性来说朋友圈有点小。

根津薰没有夜生活，不吸烟也不喝酒。自短大毕业以来，不怎么化妆，也没有染头发。有的公司管得比较宽，要求女性员工化妆，否则就是不修边幅。也许是因为她的工作主要是内勤，所以对此没有过多要求。

她的工作态度无可挑剔，从未迟到和缺勤过。比起同一年进公司的同事或者同年龄的员工，她更多地和中年的女临时工在一起，也很受她们喜欢。

一位女临时工向警察做证：“说起来，她有一段时间说很害怕，说是感觉被什么人跟踪了，一会儿又说可能是错觉，可能是自我意识过剩。听她提了几次，我就说肯定是个跟踪狂，让她赶紧去报警。不管是不是自我意识过剩，女孩子小心一点肯定没有坏处！唉，看样子，她似乎是没有对其他任何人提起过。那孩子太乖了，又很胆小。”

这个女人说的没错，派出所和警察署都没收到根津薰的报警。跟踪狂是谁？究竟有没有跟踪狂？女人还没来得及再次提醒，根津薰就遇害了。

根津的上司曾出现在警方视野中。他有对部下进行过性骚扰的记录，还因此引发过几次冲突。可他有案发当晚的不在场证明，很快就洗清了嫌疑。

雅也合上资料。

——还是好奇怪。

他放下筷子，手托着脸沉思。

如果把根津薰一案算在榛村头上，那么这里面有太多与他惯用手法相悖的地方了，奇怪的感觉挥之不去。

受害人是成人，不是青少年。

作案时间与以往九十到一百天的周期不一致。

凶手事先没有用花言巧语拉近关系，而是突然实施了绑架；没有监禁和虐待，绑架后不到二十四小时就将其杀害；受害者十根手指无一缺失 ——没有收藏战利品；指甲的痕迹等。

与此相反，警方和检方对榛村的怀疑根据只有两个：她长了一张娃娃脸，看起来比实际年轻；案发地位于榛村的行凶范围内——距离他的住处只有两公里。只能说他们在立案前就已经先入为主地认定了凶手就是榛村。

“现在得出结论还为时尚早。”

雅也自言自语地说。他摘下耳机，端着餐盘起身。

十六岁少女出逃后，榛村就已经做好了近期被捕的准备。他应该也着急了。焦虑催生不安，然后变成了破罐子破摔。

不可否认，焦虑可能会改变他的作案手法。或许当时的榛村在精神上已经没有了花几天时间享受拷问过程的闲情。

如果他急不可耐决定及时行乐，那说不定确实会随便找一个受害者。只对模特级别的美女下手的克里斯托弗·怀尔德后来在逃亡过程中也掳走了不符合自己喜好的女性。

归还餐盘后，雅也正准备走出食堂时，背后传来一个声音：“咦？笕井同学？”

雅也回头。只见一个似曾相识的女生睁大眼睛抬头望着他。

“你是以前和我同班的笕井同学……没错吧？”

听她这么说，笕井突然想起来，在一般教养课上遇见过她，是其他学院的，可名字想不起来了。

见雅也有所迟疑，她笑着说：

“抱歉，你看起来像是变了一个人。”

雅也也跟着微笑。

“希望是变好了。”

他耸耸肩。

不知为何，女生更加目不转睛地盯着他看了。

雅也不禁有些畏缩，也有些疑惑，刚刚的对话有什么不妥吗？

“笕井同学，你变了。”她嘟囔道。

雅也眨了眨眼睛。

“是吗？”

“嗯，变好了。是往好的方向哦。”

她把脸凑过来，说：“嗯……我也说不清楚，不过感觉你比以前更随和了。是交女朋友了吗？啊！我知道了！是加纳同学吧？”

她说的是灯里。雅也苦笑。

“不是啦。”

“嗯？不是吗？那……是交到好朋友了吗？哦，是不是因为参加了社团？跨学校的那个？”

“呃……那个……”

“你看！我就说嘛，校内的社团只会带大家吃吃喝喝，有想法的学生都参加校外的，不过很多人纯粹是为了找工作的时候简历上好看一些就是了。嗯！真不错，笕井同学！你绝对比以前更好了。”

“谢谢。”

雅也大方回应。

换作以前的他，现在应该已经生气了，心里怒骂：“你以为你是谁呀？被你夸很开心吗？”然后将愤懑表现在脸上。

可现在不一样了，连他自己也难以置信。

雅也洒脱地笑了笑。

“那我先走啦。”

“嗯，再见。”

女生挥挥手离开。雅也带着笑容和她挥手告别，嘴角向两边一提就能做出来的、敷衍的微笑。

离开前，他再次回头看了一眼食堂。

没看到加纳灯里。

2

回到公寓后，雅也拿出手机，上课前就设置了静音模式，发现有电话留言，于是打开查看。

是奶奶发来的。

“阿雅，最近怎么都不打电话了呢？有没有好好吃饭？没感冒吧？晚上天气冷，注意别着凉了。你爸爸……”

雅也不耐烦地删掉留言，把手机调回静音模式，塞进包里，扔到床上。

他冲了一杯浓浓的咖啡，另一只手拿着资料在床上坐下。这些天他争分夺秒地看，可量实在太大了，很难短时间看完。

他的视线停留在一行文字上。

“——刑事诉讼法一百五十七条之三第一项……”

这是什么？他眯起眼睛。

似乎是法院对目击证人采取的措施，申请者是声称在根津薰遇害当晚在街上见到过榛村的证人。

雅也起身，拿起刚刚扔在床上的包，一通摸索后，他掏出手机，搜索“刑事诉讼法一百五十七条之三第一项”。

结果很快就出来了，是关于证人做证时的遮蔽措施：

“法院在传唤证人时，若法院认定因犯罪性质、证人年龄与身心状态、证人与被告之关系或其他事由，致证人在被告面前做证时将受到心理压力，严重影响证人精神稳定，在听取检察官、被告或其辩护人的意见后，可在被告及证人之间采取遮蔽措施以确保一方或者双方无法确认对方身份。”

不愧是法条，句子冗长而烦琐。

简而言之，应该是说如果证人与被告人——榛村——见面会扰乱证人情绪，可采取放置屏风等措施将二人隔开。

不过法院作出认定也需要有充分的支撑，不是申请了就一定会得到批准。

资料上，证人的名字没有被涂抹掉，而是明晃晃地出现在眼前——金山一辉。

雅也握着手机，正了正坐姿。

——证人与被告之关系。

——将受到心理压力，严重影响证人精神稳定。

写得太绕了……雅也又搜了一次。

果然没错。证人确实有“申请随行人”和“申请采取遮蔽措施”等权利，但后者几乎不会得到批准。

可能是无法确认证人表情和肢体动作会影响辩护人反诘问，能得到法院批准的主要是那些证人同时也是受害者的案子。

——这位姓金山的证人会不会是以前的受害者？

能申请下来，也就是说，这种可能性很大。

这样的话……要追溯的年月就很长了。得追溯到榛村被织子女士收养以前，还是新井大和的时候。

雅也扔下手机，打开电脑搜索“少年犯罪　庭审记录　公开”。

结果不尽如人意。

少年犯罪的相关记录是被限制公开的，要想查看必须先向家庭裁判所提出申请。如果不是被害者的关系人，几乎不会得到批准。

一番思索后，雅也拨通了奈良冈的电话。

他是榛村曾经的保护司。

“喂？”电话响了两声后，传来奈良冈低沉的声音。

“很抱歉打扰您，我是佐村律师事务所的调查员，之前拜访过您的。”

“哦，你好啊。”

奈良冈声音柔和下来。

“不好意思，最近老是接到一些奇怪的电话，像是专门骗老人的，所以我不敢随意自报家门。”

“没事的，自我保护嘛，应该的。”

雅也感到胸口一阵隐痛。

现在他在做的事情和诈骗有什么区别呢？虽然不是为了钱，但本质上都是在欺骗善良的老人。

“想找您了解一下关于一位证人的情况。”他简明扼要地说，像是为了掩饰愧疚，“您对金山一辉有印象吗？”

“金山？嗯……好像没什么印象。”

模糊的回答后是一阵短暂的沉默。

“啊，等一下。”

奈良冈很快改口。

“一辉……倒是有一位叫一辉的少年。请稍等，我找一下以前的文件，一会儿再打给您。”

“不不不，还是半个小时后我打给您吧。”雅也慌忙说。

虽然之前给他的名片背面写上了自己的手机号码，可保不准他会不会误打给律师事务所。奈良冈爽快答应后挂断电话，没有任何怀疑。

三十分钟后，雅也准时回拨。电话只响了一声就接通了。

在场没有其他人，奈良冈却放低了声音："名字我在一份老文件上找到了，不过不是姓金山，是一个叫吉川一辉的孩子。不好说是不是同一个人，可以吗？"

"当然。"

雅也点头。

电话那边，奈良冈略显犹豫地说：

"不知道会不会对大和造成不利……这对他有帮助吗？"

"应该有的。"雅也断言。

轻声的叹息过后，奈良冈说：

"吉川一辉……是大和——还是新井大和时的一个……受害者。"

果然，雅也默默点头。

"榛村大和当时几岁呢？"

"那是他第一次从少年刑务所出来后不久发生的事，大和应该是十七岁。被害人是十岁和八岁。"

"有两位受害人吗？"

"是的，两兄弟。吉川一辉是哥哥，当时十岁。"

"榛村对他们做了什么？"雅也问。

奈良冈进一步放低声音：

“没有直接做什么。”

“您的意思是？”

“威胁。他唆使两兄弟互相伤害对方。”

雅也的喉咙不觉发出轻微的声响。

据奈良冈所说，榛村当时从少年刑务所出来后回到妈妈身边，每天无所事事。奈良冈准备给他找工作，却得到了他“母亲的身体也很让人担心，想再休息一段时间”的回答。

母亲实叶子那时已经是重度药物依赖的状态。

在照顾母亲的同时，榛村一有空就去市里的图书馆，几乎每天都去。借来的书“没办法在家里看”，只能在图书馆或者河边、公园阅读。应该就是在那个公园，他认识了吉川兄弟。

“在讨孩子喜欢方面，那家伙是个天才。”奈良冈叹息着说，“他与同龄男生格格不入，却极受小孩欢迎。当时，我照顾过的孩子们经常聚在我家。不知不觉间，中学以下的孩子们都一口一个‘大和先生’，黏着他不放。总感觉……他好像很擅长驾驭那些希望得到认同、渴望被爱的孩子。”

不知道榛村使了什么手段，轻而易举地拿捏、驯服了吉川兄弟。先是让他们对自己百依百顺，随后突然一把甩开。

据时年十岁的吉川一辉所述，榛村向兄弟二人表示：“不想让我动手的话，你们就互相折磨吧。谁做得好就算谁赢，赢的那一个，我就放过他。”

当时两兄弟年纪小，精神上完全受到榛村控制，用刻刀或美工刀在对方身上留下了数条伤口不深，却一生也无法抹平的痕迹。这个病态的游戏，一直持续到父母发现兄弟二人衣服下的伤痕。

面对儿童商谈所的工作人员，他们的父亲是这样辩解的：“夫妻二人平时工作都忙，没有第一时间注意到。”

雅也歪着头，不解地喃喃道：“可他们为什么换了姓呢？是结婚后入赘了吗？”

“你是独生子吗？”奈良冈问。

“是的。”

雅也是独生子，所以父亲将所有希望都寄托在他身上，奶奶也对他溺爱有加。

奈良冈接着说：“即使是兄弟，有些事也是无法挽回的……出于本人的希望也好，因为父母的意思也罢，总之，二人没有再用同一个姓，估计是这样吧。”

最后，吉川家不想事情继续发酵下去选择了撤诉，这个案子就这么稀里糊涂地结束了。

向奈良冈道谢后，雅也挂断电话。

根据公审记录，在采取了屏风遮蔽措施的证人席上，金山一辉明确表示：“我不可能认错他，我确实看见了。”

棒村的辩护人佐村律师曾主张“证人证言可信度存疑，其本人不具备作为公正证人的资格”，结果被驳回。

佐村律师的主张不是很合理吗？雅也心想。

假设金山一辉和吉川一辉是同一个人，很明显，他很有可能会做出对被告人不利的证言，公正性存疑。

由于吉川家撤诉，那个案子里榛村实际上等同于无罪释放。金山一辉被允许出庭做证可能也是因为这一点，雅也猜测。

事情可能是这样：从记录上看榛村和金山未见利害关系，但二人曾经有过接触一事得到法庭认可，于是采取了遮蔽措施。

——检方和警方都想把根津薰一案算在榛村头上。

除此之外很难有其他解释。

警方尤其忌讳承认误捕，检方则为了控制起诉率恨不得把“立案有罪判决率99%”写在脑门上。为了保住他们的面子，根津薰一案的凶手必须是榛村。

媒体如此，国民亦是如此。没有人愿意相信同时有两个像榛村这样的怪物出没。

而判决结果往往被舆论左右。

1981年“三浦和义事件”的一审判决就是一个代表。先是媒体炒作，后来引起民众骚动导致局面失控最后法院仅凭缺乏根据的目击证言和间接证据就做出了有罪判决。被告人对判决不服，提出上诉，最后赢得了高等法院的无罪判决。

——不可尽信金山一辉的证言。

雅也咬着指甲在心中默念。

如果说金山一辉的目击证言是假的，他为什么要撒谎呢？想一想他身上依旧残留的伤痕以及他大概已经分崩离析的家庭，答案似乎不言自明。

难道真如榛村所说这第九起是桩冤案，他没有杀害根津薰吗？

如果金山一辉说的是真的呢？经过二十多年，案发当晚榛村和金山一辉在路上偶遇……这种巧合真的存在吗？

——这时候有个人能商量一下就好了……

雅也痛切地想。

他希望有一位知识和他对等甚至在他之上的友人可以一起讨论。

自己一个人始终能力有限。要是有个人能从其他角度切入，给一些确切的建议和看法就好了……他咬了咬嘴唇。

——对于人类精神的正常发育，朋友是多么重要啊。

——需要有人和他正面交流，平等地对待他，既不郑重其事，也不嗤之以鼻。

榛村的声音在鼓膜回响。

朋友、友人……他脑袋一片空白。能平等或更深入对话的，除了身在看守所的榛村，他想不到任何人。

雅也轻轻咂舌。

3

那家居酒屋在一条靠近闹市的巷子里。

是一家门口挂着垂绳门帘的小酒馆。拉开推拉门，烤架上的白烟伴着鸡腿肉的香味扑面而来。对于只去过连锁居酒屋的雅也而言，某种意义上这是一家比较新奇的酒馆。

他略显局促地环视店内。

“这儿！”

柜台边一位戴着银色边框眼镜的中年男子朝他挥手。

男子没见过雅也，应该是从他无所适从的样子认出来的。等雅也在身边坐下后，男子介绍道：

“你好，我是泷内。”

根津薰遇害的那个晚上，他给榛村发过一条短信。榛村也在当晚给他回了一条。

服务员过来点单。泷内的啤酒还没有喝完，雅也要了一杯乌龙茶。

“下班时间打扰您，非常抱歉。”

泷内摇摇头。

“不要客气，大和的事情我也很在意。”他说。

雅也端起乌龙茶，边喝边用眼角余光观察泷内。

榛村大和与织子，还有雅也母亲衿子的那张合照上，泷内也身在其中，罗马字备注着“Taki”。

和照片中相比，他的发际线后退了不少，肚子也凸出来了，嘴角的黑痣以及八字眉则依然如旧。他的年纪应该比榛村大三四岁。

“这家的肉饼加了软骨，味道很不错，尝尝吗？”

不用了，谢谢——话到嘴边，雅也突然改口，点点头说：“那我就不客气了。”

“肉饼、鸡胗，还有刺身拼盘。”泷内向柜台内的老板招呼。然后终于转过身来看着雅也。

“嗯……从哪儿开始讲好呢……”

雅也打开手机录音，说：“可以从案发当晚你和榛村的短信开始吗？”

泷内微微颔首。

“我当时也跟警方强调过，不是什么要紧的话。榛村织子的忌日快到了，大家也很久没见面，于是商量找个地方聚一聚，喝喝酒。组织的事情自然就落在了我头上，我当时发消息问榛村能不能来，仅此而已。”

“您和榛村大和是在榛村女士组织的志愿者团队认识的，

对吧？”

“没错，当时我还在上大学。人生虽长，可真正能毫无私心、全心全意服务他人的，也就只有大学那会儿吧，你不觉得吗？”

泷内语气中毫无算计的意思。

雅也有意忽略他的问题：

“主要是去儿童养护设施和儿童病房，对吧？也就是说，志愿服务的对象以孩子为主？”

“榛村女士是这方面的专家嘛。应该还去了少年院和少年刑务所慰问，不过我没有参加这一类活动。”泷内苦笑，“怎么说呢……还是有点害怕。”

确实，雅也做出理解的表情，点点头。用乌龙茶润了润口，他继续问：

“榛村大和正是通过‘这一类活动’才认识了后来的养母榛村织子。冒昧请问，您第一次见到榛村大和时，知道他进过少年刑务所吗？对他有那种刚刚提到的‘害怕’的感觉吗？”

泷内略作思忖，说：

“第一个问题的答案是YES；第二个开始是YES，但后来是NO。

“之前就听说织子女士收养了一个刚从少年刑务所出来的小子。老实说，当时是害怕的。我以为肯定是个身上有几处文身的大个儿小混混，可实际见到后，我差点惊掉下巴。”

他端起玻璃杯喝了一口。

“你看过大和二十岁左右的照片吗？”

“看过。”雅也当即回答。

“那你应该知道吧，实际上那家伙外表文弱得很。皮肤很白，身体瘦弱，长着一张女人脸，手腕细到像是轻轻一折就会咔嚓断掉，看上去简直是个和暴力没有半点关系的美少年。我们去儿童病房慰问，那里的护士们甚至背后叫他‘王子’。”

“王子……”

雅也终于忍不住苦笑。

泷内接过服务员递来的菜。

“实际上，在织子女士的所有养子里，他也被大家公认为是出类拔萃的——不只是外貌，更重要的是他在我们那儿是难得的有亲和力，我从未见过有人像他这么会抓住孩子们的心。以前没见过，以后也不会。”

“榛村之前的保护司也说了同样的话，说他尤其受小孩欢迎。”

“对，从小就这样。”泷内点头赞同，“话说回来，在我们那个团体里，大和却始终难以融入。我比他大四岁，稍微还好一些，和那些与他同龄的人，尤其是男性，大和似乎总是相处不好。总显得特别笨拙，而且格格不入。”

“是说和同龄人关系剑拔弩张吗？”

“不，不是这个意思。怎么说呢……好像不能和他人平等地相处。也不是不能吧，应该说他对这方面一窍不通。”

泷内说第一次见到榛村时，他总是缄口不言，一直低着头，不和任何人有眼神接触，极度内向，认生。

“你很安静。”泷内向他搭话。

“说多了容易露怯，很丢脸。”

即将满二十岁的榛村大和腼腆地笑了笑。

“有很多礼仪还没有掌握……以前没有机会，很多东西现在才刚开始学，害怕露出马脚。”

他说得很真诚。那一瞬间，泷内对他产生了好感。

织子女士收养了好几个孩子，大部分都是受到过虐待的。提起成长过程中受过虐待的人，大多数人都会对其抱有“可怜”“坚强”的印象。可实际上，他们一大半人都会成为有诸多行为问题的麻烦精。因为过去的经历，他们难以正确接受他人的爱意。

他们往往会过度试探对方，或是突然置之不理，或是刁蛮任性，总是无意识地想要确定一个“这个人会忍我到什么地步”的安全区。

即便具备了相关知识，泷内也依然时常对他们充满拉扯与试探的行为感到疲惫。

可榛村大和不一样。至少在泷内眼中，他是特别的一个。

为了让榛村融入大家，泷内经常找他搭话，尽量与他亲近。

为了让榛村交到同龄的朋友，泷内有一次对他说："一个愿意与你平等交流的人，是人生中至关重要的。人啊，一般都是在被人吐槽、笑话的过程中不断矫正自己行为的。朋友其实就是一面反映自己的镜子。"

"镜子……"

榛村眨了眨眼，似乎是对这些话感到意外。

泷内继续说："是的，镜子。就算性格腼腆，只要真诚，也能交到朋友。性格开朗却待人轻薄的家伙，就算认识的人越来越多，也不会交到一个朋友。朋友能教会我们很多东西。你是不是觉得自己和别人不一样，很奇怪，是个异类？朋友能让这样的你变得更好。"

"意思是能把我变成正常人吗？"

"正常人？嗯，对，就是这个意思。"

榛村略作沉思。

泷内觉得，自那天后，榛村身上逐渐发生了一些变化。他依旧怯生生的，但是开始主动和人搭话，积极地试图融入大家。

"安稳长大的孩子一般都不希望别人说自己普通。受过虐待的孩子们却不一样，他们向往平凡与普通。大和的这种倾向尤为明显。他先人一步掌握了基本的行为常识，努力融入身边的人与环境。”

通过察言观色以及模仿别人行为的方式不断学习，大和的个人魅力眼看着不断提升。

他发挥自己招小孩子喜欢的特性，很快就成了志愿者团队中的翘楚。有时甚至受到了其他队员的嫉妒。

有一些年长的女性经常挑逗他，可他一次也没有回应过。

“唉，当时完全没想到他是对成年女性没兴趣，大家都以为他只是害羞。”

泷内挑拣着字眼慎重地说。

“榛村以前是因为什么被送进少年刑务所的，团队成员不知道吗？”

“只听说他打了小孩，伤了人。不过我们都简单地以为是别人欺负他，他忍无可忍才……他去的不是鉴别所[1]或者少年院，而是少年刑务所，换现在肯定知道是犯了相当不得了的事情。只能说我们当时都被大和身上的气质或者说感觉之类的东西蒙了眼睛。”

泷内一口喝干剩下的啤酒，对柜台内的老板招呼道：“烧酒，加冰。”

1　鉴别所：全称为少年鉴别所，在家庭裁判所开庭审判前关押犯下罪行的未成年人的地方，同时也负责参与调查、收集资料以辅助定罪。根据家庭裁判所的审判结果，未成年罪犯可能会被送入少年院。

雅也杯子里的乌龙茶还有半杯多。

“当时榛村发生过什么事情，比如伤害了慰问的孩子之类的，或者有过类似的传言吗？不一定非得有目击者。”雅也问。

泷内支吾其词，过了一会儿——

“传过。”他低声说。

“不过以织子女士为首，大家都护着他，还反过来抗议——不要因为他进过‘少刑’就戴着有色眼镜看待他……说来惭愧，我也是护着他的一个。”

泷内耸了耸肩。

“实际上榛村真的对慰问的孩子……下手了吗？”

问题很难启齿，雅也稍有迟疑。

“我不知道。”泷内摇摇头，“在我们的抗议下，事情最后以‘子虚乌有’不了了之。有一个很大原因是，受害者不是小孩，而是十五岁以上的少年。有人甚至直言‘年纪又不小，要真不愿意完全可以拒绝啊’。现在想想，这种举动简直是典型的二次强奸。”

泷内自嘲地笑了笑，声音干瘪。

雅也换了个问题：

“织子女士和榛村大和的关系自始至终都很好吗？”

“我想应该是。大和开店那会儿织子女士好像也出了很多力，帮他拿到了贷款资质。所以我一直以为他会把店开在织子女士目所能及的地方，结果没想到离得那么远。”

“也有可能是为了让他赶紧离开才出力的啊。”雅也说。

泷内睁大眼睛。

“这……应该不会吧……”

话到一半，他闭了嘴，像是想要反驳又找不到合适的话。

一阵尴尬的沉默降临。

见时机成熟，雅也伸手从西装内袋掏出一张两次对折的B4纸，在柜台上展开，是放大了两倍的合照复印件。

“抱歉，最后能请您看一看这个吗？这是榛村，他旁边这位是织子女士对吧？”雅也指着照片说。

“对，后面这个就是我。哇，当时头发可真茂盛啊。”

泷内不无怀念地眯起眼睛。

“你刚刚说，榛村受到过其他队员的嫉妒。”

“啊，那小子也是织子女士的养子。就是这个——叫‘Ken’的家伙。”

泷内指着只露出半个身子的男人说。

然而雅也真正的目的并不在他身上。他移动手指，故作平静地问：

“这位呢？”

“啊？！”

泷内的声调提高了半截。

雅也的食指停在标注着“Eri”的少女上面。泷内已微醺，他红着脸，毫无顾忌地笑了笑，说：

“这个女孩当时和大和关系可好了。Eri……啊，想起来了，大家叫她阿衿[1]，原名是衿子，衣字旁加‘今天’的‘今’。应该不会错，我当时还心想，很少见用这个汉字的EriKo。”

怦！雅也心一跳。

怦怦怦……心跳逐渐加速。手不觉间握紧。

——衿子。

没错，是妈妈的名字。

雅也闭上眼睛，默数三秒后睁开。从小到大一直虚无缥缈的母亲的存在感，此刻在心中迅速膨胀。

雅也的手指继续停在母亲昔日的照片上，他用尽可能平静的语调，问：

“她看上去像是个高中生，是这里年纪最小的吧？您还记得她为什么要加入志愿者团队吗？”

他紧张得声音沙哑，呼吸一滞。

泷内却云淡风轻地说：

“当然记得。

“因为她也是织子女士收养的啊。”

1　衿：日语读音为 Eri。

4

从远处看去，看守所的外观和学校有几分类似，而且是规模相当大的学校。

随着不断靠近，坚固的大门逐渐映入眼帘。见到牢门般的格子门前站着的警卫员，即使满不情愿也会立马意识到这不是校门，而是巨大的要塞。

雅也决定在进入大门前先去一趟旁边的礼品店。

店如其名，礼品店主要出售一些给收监人员的慰问品。看守所里的商店到了周末总是人满为患。要不是一大早过去，杂志和内衣等常用品几乎买不到。

礼品店的外观与传统的杂货铺、点心铺相近。

门口的看板上写着“出售牛奶、便当”，不过这些东西不能自己买了带进去，必须由店里直接负责配送到所内。要是中途被下药可就麻烦了，雅也胡乱猜测。

店里的杂志尤其多，简直像是要从货架上溢出来，大部分是印有火辣裸体照的周刊。店家很懂里面的人真正需要什么。

雅也在店里逛了一圈，买了内衣、四本周刊、巧克力、水果罐头以及信纸和信封。

走出店里，阳光刺眼，雅也不觉眯起眼睛。

自动售货机旁有一个人影。一个男人站在那儿小口啜着咖啡。

雅也漫不经心地看了他一眼，不禁猛地倒吸一口气。

男人红棕色的头发引起了他的注意。

佐村律师事务所送来的公审资料里有几张庭审现场的素描。庭审过程禁止录音与拍照，只有法庭画家现场绘制的素描。其中有几张画的似乎是金山一辉。

榛村十七岁时，金山——当时叫吉川一辉，十岁。也就是说，他现在是三十五岁。

素描中，年轻的金山一辉披着一头明亮的棕发。三十五岁还染头发？雅也略感意外。

和素描中相同发色、相同年纪的男人现在就站在眼前。

雅也向男人走去。

他边走边观察男人苍白的侧脸。这时，他突然想起以前见过这个男人。

记忆开始复苏。不是别的地方，正是在这个看守所。他就是上次雅也把书掉在地上后，伸手帮他捡起来的那个人。

没错，就是那个说他申请了会见却又临时想放鸽子回去的那个男人。

时髦的发色和莫名呆板且白皙的脸颊，让他看起来越发年轻。握着罐装咖啡的手背却呈现出与年龄相符的老态，粗大的静脉血管高高隆起。

“请问现在几点？”雅也问。

男人的肩微微一动。

“抱歉，我忘记戴手表了，请问现在是几点？”

“噢，呃……十一点——”男人说着，拉起袖口看了看手表，“十点五十五分。”

“谢谢。”

雅也道谢。

“您是来会见的吗？”他继续问。“不是。”男人紧接着回答。

真是个急性子啊，雅也心想。上次在等候室好像也是，不等雅也话音落下，他就迅速回答。

——为什么这么急？着急、糊弄、戒备，或者仅仅是出于习惯？

雅也沉默地点头致谢后离开男人，拐入前方转角。

他偷偷掏出手机，把镜头焦距拉到最大，对着男人的脸部按下拍摄键。

雅也沿着来时的路小跑回到便利店。

他用在线打印功能把刚刚拍下的照片通过多功能打印机打印出来，确认脸部打印清晰后，在余白部分大大地写下自己的手机号码。

接着掏出奈良冈的名片，选择打印机的传真功能。

这位年迈的原保护司曾感叹：“手机是有，但邮件功能怎么也不会用。”通过附件发过去他不一定能看到，传真则不一样，无论如何都能看到。

呼……传真发出后，雅也长叹一口气。

5

隔板另一边的榛村今天依旧面带微笑。

雅也再次认真端详榛村。

五官端正，看上去异常年轻。是因为皮肤吗？他的皮肤看上去薄薄的，有一种奇妙的质感。还是因为头发？经营面包店时是短发，现在已经长长，垂在额前。又好像和皮肤、头发都没关系。他散发出的气质本身有一种年龄不明的感觉。容貌自不必说，整体给人一种浮世超脱、难以捉摸的印象。

死刑已板上钉钉，他还真是淡定，雅也再度感叹。

即便根津薰一案能翻案，榛村的死刑也不可逆转。立案的八起杀人案以及尸体毁坏、尸体遗弃罪也足以将他送上死刑台。

“怎么了？”

可能是见雅也沉默不语觉得奇怪，榛村开口问。雅也张嘴准备说话，转念又闭上。

该从何说起，又该从何问起，他不知道。一番犹豫后，雅也慎重地问：

“能问一问妈妈的事吗？”

榛村略显疑惑。

“可以啊，不过是哪个妈妈呢？新井实叶子，还是榛村织子女士？”

“都不是。”雅也直白地说，“我的妈妈。”

几秒钟的沉默降临。

“筧井……以前叫榛村衿子，我的妈妈。可以的话，想请你说一说你知道的关于我妈妈的事情。”

“啊……”

榛村发出长长的叹息，仿佛要将肺部的空气一口气挤干。

好一会儿，榛村沉默不语，像是惊讶得说不出话，又像是在脑海中搜寻词句。雅也没有着急催促，只是静静等着。

榛村终于开口，问：“阿衿跟你说什么了？”

雅也摇摇头：“什么也没有说。”

沙哑的声音，怎么听都不像自己的。

“她什么也没说。我只知道妈妈的父母很早就去世了，所以她没有娘家，我也没有外公外婆。从小到大，我只知道这些。”

“所以呀，阿雅没有外婆哦”——奶奶经常这么说。

“别人家可能有奶奶和外婆，我们家只有奶奶哦。这样反而省心呢，对不对？”

“有奶奶一直陪着你，你也不会寂寞对吧。别人家虽然有外婆，可外婆总是住在别的地方，这对小朋友可不好呢。”

“对于母亲的家庭，我不觉得有什么奇怪的地方，没什么特别的。没有外公外婆的不是只有我家，况且我爷爷也不在了。”

“而且妈妈在家里也没什么存在感”——雅也终究还是把这句话咽了下去。

记忆中的母亲总是面无表情，总是一个人孤零零地站在远处。

参加家长会的是奶奶，亲子远足也是奶奶做伴，运动会上得了冠军后回到家长区也是奶奶张开双臂前来迎接。父亲则在一旁手持摄像机满意地眯着眼睛。

“阿衿……你妈妈她……”榛村开口，“幸福吗？你父亲有没有好好照顾她？”

雅也没有回答，只是低着头。

“难怪。”榛村皱起眉头喃喃自语。

“什么？”雅也问。

“嗯？”

“‘难怪’是什么意思？”

“噢。”榛村苦笑，“她从来没有来过我店里。她应该知道我在附近才对。”

雅也睁大眼睛。

他说的对。雅也常去“Roshell”，母亲又怎么会没机会去店里见他呢？明明在附近住了那么多年。

雅也惊讶地发现，自己竟然从未想到过这一点。

——可这也太难以想象了。母亲根据自己的想法主动出门去见父亲以外的男人，而且是背着奶奶出去叙旧，在没有奶奶指示的情况下自己去店里买面包。

雅也陷入沉思。

榛村问：“这次为了联系上你，我也是先向你老家寄了信。怎么样？阿衿有什么反应吗？”

雅也无言地摇头。

按照惯例，筧井家的信件一般先交由父亲查看，然后是奶奶，所以雅也完全没有想过母亲是否看到了那封信。

榛村发出短短的一声叹息。

“你别误会，我不是追着阿衿到那里开店的，这完全是偶然。你也是，我过了很久才知道你是阿衿的孩子。”

雅也依然失语。

榛村点了点头。

“看样子你已经知道了。对，她曾经和我一样，都是织子女士领养的孩子。不过自从她离开织子女士以后，我们再也没有往来过，联系也彻底断了。”

“你……在你……”

喉咙终于发出声音，可问题卡在喉头。

雅也口干舌燥，干咳数声，问：“在你眼中，妈妈她……是什么样的孩子？”

榛村轻轻吸一口气。

“被收养的孩子，其实不像童话故事里说的那样遇到一位善良的母亲，从此幸福快乐地生活在一起。被织子女士收养不代表美好的结局，不过是人生的新起点而已。有些孩子明白这个道理，有些不明白。阿衿应该属于后者。”

榛村缓缓摇头。

“被收养不是万事大吉，也会有争夺食物的情况发生。好在一起生活的过程中，我和阿衿逐渐打破了隔阂。不过话虽如此，她在那个家也就待了……嗯……一年半左右吧。”

“我母亲也受过原生家庭的虐待，对吗？”雅也低声说。

因为她也是被榛村织子收养的孩子。

“对。”

榛村点头。

“她和她的亲生母亲……”

榛村的话还没有说完，他们就听到了管教用笔头敲击桌子的声音。咚！咚！咚！声音越来越快。咚！咚！咚！咚咚咚咚咚！

到时间了，妈的！雅也暗骂，想问的事情还有很多，可时间和语言都过于匮乏。

雅也把脸凑到隔板前，急切地问：

“妈妈为什么离开了榛村织子家？为什么她……”

“别着急。”

榛村打断他。

他瞟了一眼管教，摇了摇头，像是在说：“这里不方便说。”

“我们写信吧。你不是给我送来了信纸和信封吗？我会再给你写信的，你也记得给我回……”

“不。”雅也反射性地说，话语继续无意识地往外冒，“我直接去问她。”

榛村抬起眉头，似乎很吃惊。

他一动不动地盯着雅也：“哦。”

“哦。”他重复一遍，垂下眼睛，“那……到时候把我的名字说给她听吧。告诉她我们见了面，也聊过了，这样她就全都明白了。”

咚咚咚！在急促的敲击声下，雅也对着榛村点点头。

两个选项浮现在脑海中。

回家后马上给母亲打电话，或者再等一等。

雅也选择了后者。先冷静下来吧，他想，让脑子再冷静冷静……没错，冷静下来再说。

结束会见走出看守所后，雅也立即掏出从储物柜取出的手机，打开。

有一则来电留言，是奈良冈打来的。他点击播放，把手机贴在耳边。

“您有一则来电留言，即将播放。”

女性的机械音安静下来后，手机里传来奈良冈沙哑的声音。

“喂，能听到吗？没错，那张照片里的人就是吉川一辉。”

足够了。

“你在哪儿见到的？他现在怎么样？”奈良冈的声音仍在继续。雅也停止播放。

——果然是他。

雅也没有惊讶，奇妙的感觉在心中酝酿，似乎一切都在情理之中，有迹可循。

那人在等候室中说的“不是真的想见”“还在犹豫”的话；在礼品店前手足无措地啜饮咖啡，逡巡不前的样子。

他迟迟无法下定决心去见的人，正是榛村大和。

曾在他身上永久留下伤痕的人。因为他的证言被送上绞刑架的人。

吧嗒，冰冷的东西落在雅也肩上。下雨了。

他抬起头，淡墨色的流云迅速向头顶汇集。不妙！雅也拔腿起跑。可已经来不及了。

雨越下越大，衬衫、运动鞋都已经湿了。他将书包顶在头上，慌慌张张地冲到礼品店的屋檐下。

咦？

屋檐下已有来客——红棕色的头发，呆板且白皙的脸颊。

是吉川……不，金山一辉。

还在这里啊？雅也心里嘀咕。

他还没放下对榛村的仇恨吗？还是想确认榛村已永远无法再对自己下手？将榛村送上绞刑台，他心中是否有一丝丝的罪恶感？

雅也偷瞄一眼，小声说："不去会见吗？"

"嗯？"

金山疑惑地歪头看着雅也。通过他的表情雅也知道，他对几小时前的对话毫无印象。

雅也倒吸一口气。

"我们以前在看守所里见过，等候室。"

金山恍然大悟似的点点头，似乎多少想起了一些。

"今天不进去吗？"

"呃……"

金山当即出声，可后面却什么也没说。没办法，雅也接着说：

"上次你说'还在犹豫'，最后还是没去吗？"

“嗯……是的。”

“今天也不见吗？好不容易来了。”

多管闲事——雅也自己都觉得。

金山似乎并不在意。

“申请下来又老是不去可不行，我可不想在那种地方被人盯上。”

他说完笑了笑。

他究竟这么反反复复了多少次，雅也疑惑。

在看守所附近见过他两次，但是他不可能只来过两次，肯定是来了很多次，每次都在这里徘徊不定。

见，还是不见？他在两个念头间游移不定，在犹豫不决中虚度了多个周末。

雅也眯起眼睛，抬头看向天空中的乌云。

雨慢慢小了，天空似乎明朗了一些。

“不知道是不是要停了。”雅也说。

“不好说呢。”金山说。

“你也去车站吗？怎么过去？跑？”

“嗯……该怎么过去呢……”

金山的回答惹得雅也一番苦笑。金山惊讶地看着他。

“哈哈，抱歉。”

雅也摇摇手，解释道：

“你之前不是说嘛，‘自己做主准没好事，听从别人的话反倒轻松’，所以我猜这次你是不是也想让我来决定。”

“呃……”这次轮到金山苦笑了，他把脸转过去说，“如果有冒犯非常抱歉。其他人也经常说我像个甩手掌柜，劝我以后不要这样。”

他继续嘀咕道：

“可已经像是个习惯了……刻在骨子里的坏习惯。”

*

大雨落在铁皮屋顶上，毫不留情地敲打着路边竹篱笆里繁茂的无花果叶子。

不久，云层的缝隙射出一道光，天空顷刻间奇迹般放晴。咚咚……屋顶的水管还在传来混沌的水声，沿着屋顶落下的雨滴速度却早已落后于秒针。

滴答。滴答。滴答。

雨滴的声音。

节奏稳定，又在缓缓变慢。像是在倒计时，雅也心想。

他有预感，不久后，一切都将水落石出，一切都将暴露无遗。世界已经为那一刻开启了倒计时。

那一刻到来后会怎么样，他不知道。

也许会天翻地覆。

也许什么也不会变。

到时该怎么做，他还没有决定好。别说会怎么做了，就连该作何反应，怎么发出第一声也还没有考虑过。

只有等待，他想。

那天必定到来。要等待，耐心等待。

唯有沉默地等待，相信那天、那个瞬间总会到来，相信一切都将在真正意义上获得解放。

该作何选择，是那以后的事情。

第五章

1

这一定是梦，雅也迷糊着。

晦暗之中，一道白光浮现，是那种奇妙的白，像是里面在发光。

雅也凝神细看。

四周是粗糙的木墙，这是一间小屋。此刻他置身于一间收纳着农具的极为简陋的杂物间。

无论怎么看，这都是一间普通的小杂物间，不是住人的地方，可屋里却铺着床垫与毛毯。上面沾满了星星点点暗红的污迹，显然已经湿透了。

那奇妙的“白”四肢瘫软，躺在床垫上。

清瘦骨感的脚，静脉鼓胀的手臂，五根手指分别往不同方向扭曲。指甲不见了，只留下一团黑色的痂。泥？还是血痂？

——床垫上无力地躺着的，是一位半裸的少年。

——是被打了吗？脸部浮肿，一只眼睛几乎无法睁开。

——无须细看也知道，鼻血几乎要令他窒息。

几天前的女人的声音在耳边回响。

啊，原来是那个梦啊。雅也从迷蒙中反应过来。

他正双手叉腰站在床垫旁俯视躺着的少年。少年抬起头看着他，双眼中满是恐惧与嫌恶。

透过少年的双眸，雅也终于意识到：

我不是我。

在这个梦里，我是榛村。我作为榛村大和观察着成为猎物的少年。

腹部似有热意蠢蠢蠕动。

少年看着我，我也看着他。多么美丽的眼睛啊。澄净，比玻璃更加透明，仿佛能一眼望穿。

那股热意沿着身体往上爬，经过胸口，填满胸腔。

雅也伸出手。

少年微微颤抖。这反应令他欣喜若狂。

啊！他很恐惧。他惧怕我。他的身体紧紧蜷缩着，他知道接下来要发生什么。他大汗淋漓，浑身抽搐。他的眼睑在痉挛，嘴边的白色泡沫已经干透。

温热的幸福与满足感包裹着雅也。

手继续向前伸，少年蜷缩得更紧了。

雅也用眼神命令他。少年的手脚失去了力气，似乎是死了心。

雅也伸出手指抚摸他的头发，少年的战栗如电流般传来。下腹越来越热，似乎马上就要爆开。

手指离开头发，继续移动。脸颊，随后是下巴、脖子，指尖沿着少年身体的线条缓缓向下，眼看就要到达脚部……

梦醒了。

2

雅也迅速换好衣服后，先去了附近的便利店。

到取款机确认存款，显示还有将近五十万日元。从小学开始他就坚持存下每年的压岁钱以及剩余的零花钱。

从小到大，雅也一直没有什么愿意为之花钱的爱好。

他既不抽烟也不喝酒，不运动，不钓鱼，不好吃，对穿着提不起兴趣，也不为游戏花钱。非要找个兴趣爱好的话，可能就是看书和电影，但这两样去图书馆和影像租赁店就够了。

可今天雅也却毫不犹豫地一口气取了十万日元。这段时间交通、调查等已经用光了家里给的生活费。他极力压缩伙食费、水电费和其他杂费，但还是走到了山穷水尽的地步。

——这也没办法。

已经无路可退了。调查已经深深地触及了雅也——笕井家的秘密。

雅也将储蓄卡塞进钱包，把取款机吐出来的十万日元装进包里。

到达车站时，太阳已经爬上了头顶。

出站后换乘公交，前往寺院的聚集区。根津家的菩提寺[1]就在那里，也是根津薰的葬身之处。

他想和根津薰的家人聊一聊。

若以榛村辩护律师助手的身份前去，对方不可能欢迎，贸然拜访恐怕免不了被泼一盆水赶出来。雅也把身体沉入公交座椅，揉了揉太阳穴。

他走下公交车，站在路旁。

眼前绿意盎然，道路的一边是水渠。朝水渠望去，清水缓缓流淌，锦鲤游弋其中。斑驳的鳞片在阳光下熠熠生辉。

寺院的大门矗立在水渠一侧。他看着名字一间间走过去，终于在第三间找到了根津家的菩提寺。

走过短短的拱形石桥，穿过正门。

1　埋葬家族历代祖先，举行丧葬和佛事等仪式的寺院。

首先映入眼帘的是一家幼儿园，应该是寺庙经营的。雅也走在石头地板上，看着窗户上五颜六色的折纸。正面是寺庙的本殿，从旁边穿过后，广阔的墓地出现在眼前。

他踩着砂石，在墓碑间穿行。现在不是什么节日，墓前一律没有鲜花。

都是坟墓，样子却五花八门，雅也不禁感叹这一怪事。高的，矮的，标准的灰色，看上去价格不菲的漆黑色，带栅栏的，椭圆的，菱形的……

"请问有什么事吗？"

背后有声音传来。雅也一惊，赶紧回头。

眼前站着一个身穿蓝色作务衣[1]的僧人。

"那个……我是来扫墓的。"

声音莫名有些怪。

僧人狐疑地从上到下审视雅也。

"请问是你家人的墓地吗？抱歉，你刚刚一直在到处走。如果是家人的墓地，应该知道在哪里吧。"

雅也放弃狡辩，从口袋里掏出名片。

今天没有穿西装，律师事务所的气势有所削弱，不过也没办法。他已经做好心理准备，没想到僧人却突然改变了态度：

1　作务衣：一种传统日本服饰，供僧侣在日常劳作中穿着。

“实在抱歉，最近有不敬之人到墓地撒野，各家寺院的僧人都神经紧绷，请不要介意。”

“没有没有。”

雅也长舒一口气。他观察着僧人的表情，小心翼翼地说：

“其实……我在找根津小姐的墓。”

“根津小姐？”

“是的，根津薰小姐……”

僧人眯起眼睛：“是那个案子的？”

雅也点头。

“这边请。”

雅也脊背发凉，本以为会遭拒绝，僧人却毫无戒备地领着他向前走。

根津家的墓建在墓地靠里的位置，旁边麻栎树的树影正好落在墓石上。

“您是从根津小姐家过来的吗？”僧人问。

雅也摇摇头。

“不是，我是直接来这里的。毕竟是被告那一边的助手。根津小姐的家人应该不欢迎我来给她烧香吧。”

脱口而出的谎言令雅也自己都有些惊讶，他看了一眼僧人继续说：

“您认识生前的根津薰小姐吗？”

“嗯……不算认识吧。虽为我寺施主，她的家人小僧也并非全都认识。承蒙根津夫妇厚爱，多与小僧有交，与根津小姐却几乎不相识。”僧人摸着下巴说，“不过，根津小姐祖母的七周年忌辰那天我到府上诵经，当时根津小姐曾为小僧沏茶。”

这么说，他不是一般的僧人，而是寺里的执事僧。

雅也问：“您对根津小姐是什么印象？”

“她是个彬彬有礼的好姑娘。服饰言语都很得体，现在这样的孩子不多见了。上的高中好像也是这一带比较难考的。”

——彬彬有礼的姑娘。

——一切都属于中上的、质朴文静的姑娘。

正对榛村的胃口，同时也是典型的“容易被跟踪狂盯上”的类型。小个子，黑发，乖巧文静，看上去胆小怯生，不会勇敢抗争的年轻女性。

根津薰遇害前曾说：“感觉被什么人跟踪了。”跟踪她的人是榛村还是其他人，现在还不清楚。

雅也向僧人打听到她曾经就读的高中，记录下来。

又问：“根津小姐家那一带是上的哪所中小学呢？”

雅也记下学校名字后，抬起头难为情地说：“呃……香和蜡烛我都没有带。对不起，没什么经验，愣头愣脑的……”

何止如此，明知要来墓前，却连花也没买上一朵。雅也对自己两手空空、毫无礼数的样子后悔不迭。

没想到僧人却笑着说："重要的是双手合十的情义。"

说着他把手伸向墓碑，将烛台上的玻璃罩取下，从袖口掏出火柴，点燃剩下的半截蜡烛。雅也与僧人并排，在根津薰墓前双手合十。

"这么说也许失礼，不过没想到这里献花会这么少。"

僧人摇摇头，叹息道：

"献花和供品现在都会尽早撤走。也许您觉得是我们精明，其实是有乌鸦来捣乱。有时还有流浪汉来搜刮供品，不良少年也会来偷酒。

"当时，这个墓前每天都鲜花环绕，媒体和看热闹的人都蜂拥而至。最近才终于清净下来，根津小姐也终于可以安息了。只有家人和男朋友偶尔会来。"

"男朋友？"雅也追问。

根津薰应该没有男朋友才对。在资料里，所有人都说她身边没有男人的影子。

僧人却皱起眉头，答道：

"小僧见过几次。一头红发，一开始还以为是哪里的不良少年又来了。不过那好像是天生的。他皮肤很白，眼睛的颜色也很特别。"

雅也睁大眼睛。

没错！是金山一辉。

可他为什么要来给根津薰扫墓呢？他只是目击证人而已。

僧人不知道雅也的心事，不无怜悯地说：

“应该是根津小姐的男朋友。他来了很多次，在墓前一坐就是好几个小时，低着头，应该在哭。”

一小时后，雅也在案发现场的山里迷路了。

听说是老人会来采野菜的山就大意了。天气倒是不错，可脚下实在难走，应该是树木过于茂密的缘故，潮湿的落叶和泥土导致脚底不停打滑。

还好穿的是便装和运动鞋，要是西装加皮鞋就彻底完了，雅也暗自庆幸。

他手扶旁边的木头，大口喘气。最近运动量不够，小腿肌肉的酸痛让他叫苦连天，关节也在嘎吱作响。

一道鲜明的红在林间闪过。

是一件红色防风衣。雅也毫不犹豫地大喊：“你好！请问这里是哪里？”

一位微胖的中年女性转过头来。她张嘴回应着什么，迅速朝雅也走来，丝毫不把滑溜溜的地面当回事儿。

“怎么回事儿？迷路了？”

“是、是的。我走了一条岔路，结果完全搞不清方向了，想下去又找不到路。”

“你不是本地人吧？来干吗呢？摘野菜还是采蘑菇？这一带可没有松茸那种高级货哦，哈哈哈哈。”

“不好意思，那个……”雅也打断女人的话。

“这座山里，前几年是不是发现了一具女性的尸体？”

女人的脸有些僵住。

雅也赶紧拿出名片递过去：“你好，这是我的名片。”

考虑到自称榛村辩护律师的助手对方会有所警惕，于是他临时捏造：“受害者的妹妹正在谈婚论嫁，对方委托我们做背景调查，似乎是对姐姐的案子比较在意。”

女人看着名片嘀咕：“哦。背景调查？律师还会负责这些吗？”

“最近律师简直就是万金油。”

“哦？是吗？”

女人偷瞄一眼雅也，雅也赶紧继续解释：“我们这个行业啊，现在从业人员过剩，为了活下去什么活儿都接。”

全是信口胡诌。不过和通过司法考试的人数相比，现在就业岗位少也确实是事实。我这是要在骗人的路上一条道走到黑了——雅也暗暗自嘲。

女人叹了口气。

“唉。原来家里有亲人遇害结婚时还会被人调查啊。受害者又没错，太过分了。”她继续说，“又不是有什么仇，是在路上被突然掳走后遇害的，而且那人杀了好多人，就是个过路魔。”

“是啊。”

“我是说，就算有仇有恨被人杀死也一样可怜。不过那个姑娘真的只是运气不好碰巧遇上了。唉，那姑娘和家人都怪可怜的。”

也许是出于同情，女人的语气稍稍柔和了一些。

雅也瞥了一眼女人的表情，问：

“听说尸体是附近的一对夫妻发现的？”

“对呀，两个人感情很好，丈夫退休后爱上了旅行和到山里徒步，不管去哪儿，他们都形影不离。”

“他们好像是来这里采野菜的吧？”

“没错，那家的妻子说一开始以为是什么动物的尸骸，没想到认真一看，竟然发现了人的手骨，他们吓坏了，本来马上打电话给警察就好了，结果那两个人腿哆哆嗦嗦地下山跑到警察局才报了案。人这一慌啊，真的不行，根本想不到可以打电话报警。”

女人皱起眉头。

“后来那些媒体和看热闹的，全都来了。好家伙，到了晚上也不消停，垃圾到处乱扔，长时间违规停车，烦死了。山也被糟蹋得不像样，我也和社区委员会的人来过好几次。男的负责赶跑那些看热闹的，我们女的负责清除垃圾。”

女人似乎依旧怒火中烧。

“请问您在山上见过这个男人吗？”

雅也掏出手机，找到照片给她看。是几天前在礼品店门口拍摄的金山一辉的照片。

“噢，见过呀。”女人若无其事地说。

雅也上前一步乘势追问：

“确定吗？”

可听他这么问，女人却沉下眉毛，没有了自信：“你要这么说……不是很确定。只是当时见到过头发是这种颜色的人，他是谁呀？”

“啊，呃……”雅也不知该如何回答，含糊地说，“寺里的僧人说他可能是根津小姐的男朋友。”

女人眉头紧锁：“唉，太可怜了。不过我刚刚也说了，当时来了很多媒体。那些人可能因为职业比较自由，有时候就算上了年纪也会把头发染成棕色或黄色什么的，不过在我眼里都一个颜色，所以我没办法确定是不是这个人。”

她把手贴在脸颊上。

“我只能说有这样的人来过。见过类似的人，而且和你一样，他也迷路了，只能这么说。”

3

根津薰上过的小学最近可能刚涂过外墙，现在是漂亮的乳白色，没有一丝雨水的痕迹。学校很安静，可能是在上课。

雅也走进学校门口的小文具店。

文具店的外观与看守所门口的礼品店相似，是那种传统的私人商店。前排架子上摆满了自动铅笔、橡皮、量角器等熟悉的文具，后面则主要是零食。商品品种不多，不过最近流行的游戏卡以及人物手办也一应俱全。

最里面是一小块座席，一位像是店主的老妇人抛开了客人，正和差不多年纪的朋友喝茶聊天。

雅也拿了一盒口香糖，向座席走去。

“你好，请问这个多少钱？”

女人看见他，眨了眨眼睛：

“你可真有意思，干吗来这儿买东西呀，去超市不是更便宜嘛。”

——毫无商业精神……

雅也苦笑着付完钱，将名片拿给老妇们看，借口和刚才一样，“根津薰的妹妹在谈婚论嫁，是来做婚前调查的”。

“听说根津小姐以前也在这所小学上学，请问您记得吗？她有没有来过店里？”

“不记得不记得，也太久远了。”老妇人摇头，“这家店都开了四十年了，来过店里的孩子少说也有好几千人。除了那些个特别调皮捣蛋的，其他根本记不得。”

她对面的老妇人却拍了拍膝盖：“等等，街角那家自行车店，他家媳妇儿不是说是受害人的同学吗？”

“啊！”

老妇人也点点头，似乎想起来了。

“没错没错，这么说来他家媳妇好像还去参加了葬礼。我见她穿着丧服拿着佛珠上了出租车。她们关系好像还不错，她消沉了一段时间。”

雅也道谢后离开文具店。

老妇人们没有记错，五年前嫁给自行车店老板的女人确实是根津薰高中时的同班同学。

她无意识地抚摸着即将临盆的肚子。

“根津同学非常规矩。她很认真，总是特别守时，有些同学甚至因此对她敬而远之。不过我俩比较投缘，关系很好。”她继续说，“我们不仅在书和电影上趣味相投，还有一个共同点。”

“共同点？”

“洁癖——脏乱恐惧症。”

女人腼腆地微微一笑。

“比如，回家后必须马上洗手洗脚，否则就无法放松；电车和公交的吊环、店里的门把手、电梯按钮、楼梯扶手等统统不敢碰；去超市也不用购物篮，因为不清楚这些东西都被什么样的人以什么样的方式触碰过。

“酒精消毒湿巾是必需品，包里总是放着口罩、马桶清洁剂、消毒喷雾、清洁凝胶、塑料手套等等。

“喜欢看书，可图书馆和二手书店都不敢去。想去看医生，但因为没法穿公用拖鞋而束手无策。体育课上，但凡需要下泳池，她必定申请旁观。一想到要和其他同学泡在同一个池子里就寒毛直竖。

“比起我，根津同学有过之而无不及。”

“为什么这么说？”雅也追问。

“我最严重是十多岁的时候，后来随着长大成人，症状逐渐好转。可根津同学却完全相反，一直在恶化，到后来甚至觉得所有人类都是大块的霉菌。”女人难过地说，“这样的根津同学，竟然死在深山的泥沼里，那种脏兮兮、烂糊糊、长满霉菌的地方……她该多么痛苦啊！如果犯人知道她有洁癖，就更加不可饶恕了，因为他特意选择了一种最为残忍的谋杀方式。”

——如果犯人知道的话……

雅也思忖。

跟踪根津薰的人大概是知道的。

有洁癖的人，旁人一眼就能看出来。经常洗手、用消毒湿巾仔细擦拭周围、绝不触碰扶手与吊环，到处跟踪她的人不可能注意不到。

雅也给她看榛村大和的照片，问："这是被捕的犯人，你在她身边见过他吗？"

女人盯着照片看。过了一会儿，她摇摇头。

"没有……应该没有。"

"这个人呢？"

雅也接着拿出印有金山一辉照片的纸。女人依旧表示"不认识，没见过"。

"根津小姐的家人和同事均表示她没有男朋友，身边没有男人，你也这么觉得吗？有听她提起过什么男人吗？"

女人一脸严峻：

"没有。根津同学真的是……洁癖非常严重。她好像觉得身边的男人都不干净。高中时经历过几次表白，无一例外，她全部都拒绝了。"

"她很受欢迎啊。"雅也附和道。

他其实非常意外。根津薰形象朴素，不属于令人眼前一亮的类型。

女人却肯定地说："根津同学这样的女孩，对某些男人有特别的吸引力。”

她继续说：“尤其是那种女性最讨厌的男人。不愿意花心思从朋友开始慢慢增进感情，一厢情愿地认定‘你适合做我女朋友’，自信自己男子气概十足，觉得女人心里其实希望被男人牵着走的那种男人。”

她抚摸着大肚子的手不觉间加快了速度。

“就是那种有跟踪狂倾向的？”

“是的，他们的目标不一定是乖巧清纯的女孩，像根津同学这样的女孩身上的某种……她身上的某种特质尤其吸引那种人。不过，我也说不清楚究竟是什么特质……”

“你们上学的时候，她是不是也有过不愉快的经历？”雅也试探地问道。

女人果然用力点头，说：“高二的时候，高三的棒球部副队长盯上了根津同学。被根津同学拒绝后，一直到毕业，那个人都不断地骚扰她，足足持续了半年多时间，他甚至不惜发动棒球部的低年级学生。什么‘有男子气概的运动员’，简直笑掉大牙。”

女人满脸鄙夷之色，似乎仍无法原谅。

“具体是怎么被骚扰的？”

“我不想说，不好意思。”女人毫不客气地说，“实在是太过分了，而且蠢到家了。表白被拒就对人家怀恨在心、不停骚扰，这种男的，人家凭什么喜欢你？还是说他们这么做根本不是为了得到别人的喜欢，纯粹是自己得不到的索性就毁掉？这种心理我真的……完全无法理解。”

“你的感觉是对的。”

雅也点点头。他已经完全被女人的气势压倒。

看来根津薰比想象中更容易被跟踪狂盯上，很容易激起对方的施虐心理。不管她本人是否愿意，她似乎很容易成为别人眼中恰到好处的猎物。

“所以根津同学绝对没有什么会影响妹妹婚姻的事情。以前的骚扰，还有……那件事，她都是纯粹的受害者。我可以保证。”

女人说完，闭紧双唇，嘴唇微微颤抖。

雅也道谢后，将照片放进包里，问：

“你最后一次见到根津小姐是什么时候？”

“大概是……案发两个月前。我刚好有事到她公司附近，就约了一起吃饭。”

女人微微皱起眉头。

雅也问：“怎么了？”

“没事。”女人支吾道，“刚刚也说了，根津同学的洁癖逐年恶化。我们选了一家比较好的西餐厅吃午饭，坐下来之前，她用消毒湿巾把椅子擦了又擦。桌上的叉子和勺子也一一检查看有没有污渍。”

看来洁癖已经逐渐演化成了一种压迫性的神经障碍。应该是她身上发生了什么导致症状恶化的事情。

“挑食好像也特别严重。”

“挑食？”

“嗯。她本来就只吃蔬菜和水果，不过以前其他菜摆到桌上她好歹会吃一些，但是那天她说‘吃不了肉，刺身、鱼子也受不了，看见生的东西就想吐’……”

女人转过脸去，叹了口气。

“现在想想真的很奇怪，要是当时再好好和她聊聊就好了。要是她不愿意说，我就一直问，直到她讲出来。”

4

蓝天之下，银灰色的瓦片屋顶画出一条规律的波浪线。

矮脚篱笆上遍布着爬山虎。院子里开满了前两天在轨道旁见到的黄色花朵，圆鼓鼓的，像是一朵朵棉花糖。

雅也独自站在老家门前。

车棚空着，父亲的丰田汽车不见踪影，已经过去六年，估计也早就换了吧。

——还真是一点家的感觉也没有。

雅也感叹。

十五岁的春天过后，他再也没在这里住过。他先是住在学校宿舍，后来逃到短租公寓，还住过姑妈家，最后到现在的住处，其间一次也没有回过老家。这里有的回忆，不过仅此而已了。

路过的女人狐疑地扭头看向望着房子出神的雅也。他终于回过神来，躲开女人的视线，快步从门口离开。

径直走到车站后，雅也立即买了回学校的票。今天有组会，他已经做好找不到工作的准备，但是还不想留级。

回去的电车空荡荡的。

雅也沉入座椅，立即打开一本精装书，是从网上买的榛村织子的随笔集。

看了几页之后，有种似曾相识的感觉。

嗯？好像之前看过，上当了。雅也咂舌。文库本书名不一样，被骗了。

他看了看目录，发现几个陌生的标题。看来是做成文库本的时候删除了部分篇幅。可能是去掉了一些质量不高、读者不喜欢的内容。

这是？！

他迅速翻到对应页数。

正是关于养子们的随笔，她开篇介绍了1874年在纽约发生的虐待案。

玛丽·艾伦时年八岁。自两岁起，她不断受到养母的虐待，被发现时浑身是鞭打的伤痕，差点被饿死。可当时美国还没有儿童保护法。没办法，市民只好向防止虐待动物协会起诉，主张女孩也是广义上的动物，应该对她施以保护。这就是推动了美国第一部儿童保护法的著名的玛丽·艾伦·威尔逊案……

后面的篇幅中，榛村织子逐一介绍了她的养子们。无一例外，他们都是受过虐待的儿童。

她一共介绍了七个人，“养子Y”也在其中。

私生子，从小在生活能力低下的母亲身边长大。长期遭到数位继父身体、性以及精神上的虐待。长大后自身也有了暴力倾向，最终走上犯罪的道路。

没错。Y就是大和——榛村大和。

养子Y后面隔了一个人是“养子E”。

——E，衿子。

雅也缓缓翻动书页。耳膜传来咚咚的心跳声，甚是恼人，他的后背寒毛直竖。

和“养子Y”一样，榛村织子对“养子E”的亲生父母下笔也毫不留情。

她首先提到了E的父亲：

素质很好，可意志薄弱，内向，总是低声细语。在妻子面前也唯唯诺诺，总是沉默不语，心智不成熟。

全是否定。

对于E的母亲则着墨更多，言词辛辣。

据榛村织子所述，E的母亲F，在其疑病性神经症的母亲与酒精依赖症的父亲的抚养下，“成长为典型的小大人”。明明是个孩子，却不能像个孩子，她被母亲反向依赖，还要照顾父亲。

“不乖乖听话就得不到父母的爱。”

在这种环境下，F压抑自我，代替病弱无力的母亲料理家务。父亲没有固定工作，一家人有时甚至只能靠救济生活。而F从未责怪过父亲，一直用心照顾，直到他因肝硬化去世。

父亲死后，F的状况也有所好转，后与同事再婚，两年后生下独生女E。

E是公婆的第一个孙女，而F与分居的婆婆关系怎么也算不上融洽。

女儿E是F第一个真正意义上应该保护的人。本应保护F的父母却一味依赖她，凡事都靠她。生下女儿E后，她终于有了真正应该守护的人。

可她却在育儿上受挫。

女儿E爱哭闹，不管是换尿布还是喂奶，总是哭个不停。不乖又听不懂话的女儿将母亲逼入了绝境。

“我小时候明明那么懂事，一直一直忍耐。”——她最终把愤恨与委屈的矛头对准了不停哭闹、磨人的孩子E。公婆疼爱大孙女E，给她买了各种礼物，这也成了F愤怒的导火索。

“我那么忍耐，那么乖。”

“凭什么她一点也不懂事总是哭？凭什么没人怪她？我从未得到过的特权，为什么她却可以理所应当地享受？”

“太可恨了！被人疼、被人爱，还一副理所当然的样子，任性胡闹。啊！太气了！不可原谅！”

F于是开始背着婆婆和丈夫斥骂孩子。她没有使用暴力，但不时对孩子冷眼相向，言语冷漠。

“你干吗呢？蠢货！傻子！磨人精！”

“长得丑死了，我都不好意思带你出去。滚远点！走开！”

“你在那儿干吗呢！不是说了别出现在我面前吗？！”

“你还真是一无是处啊。”

“文具？用隔壁姐姐剩下的不就好了吗？反正到你手里也是没两天就坏了。去隔壁求人家给你吧。”

“你那是什么眼神啊？不会笑吗？别人家孩子都会，就你不会吗？”

“真不该生下你。”

“走开！看见你这张脸就晦气。”

“你可真是什么也不会啊。”

“你为什么要活着呀？”

还不到五岁的E，脸上已经没有了任何表情。

上小学后，家庭环境也毫无改善。E成了沉默寡言、面无表情的孩子，脸上像是戴了一张面具。

升入四年级后，E出现了自残行为。她开始用头撞墙，用美工刀划开皮肤……

老师出于担心上门家访，想找母亲F了解情况。

没想到，这带来了完全相反的效果。“竟然敢告状！”F大发雷霆，“胆小鬼！大嘴巴！”进一步加重了语言虐待。

上了中学，E的自残行为进一步恶化。她不停地拔头发与眉毛，用指甲在皮肤上狠命挠，挠得鲜血淋漓。不仅如此，还出现了厌食和异食的症状，正常的饭菜一口也不吃，总是吃一些冰块、土以及自己的毛发等。

E骨瘦如柴，脸颊消瘦，脸色青紫，肋骨凸出。

父亲和祖父母都很担心，母亲F却谎称：“青春期嘛，在减肥呢。”

十三岁的时候，E的生活迎来了转机。她半夜腹痛难忍，被救护车送入医院。

负责诊疗的医生吓了一大跳，E的肠道塞满了墙泥。她从几天前就没有正常进食，剥下房间的墙泥吃，无法消化的墙泥塞满了她的整个肠道。

恢复后，少女转入儿童青春期精神科。

一开始的时候，E什么也不肯说。经过半年的问诊，她才终于愿意吐露少量学校与家庭的事情。

老师、同学、祖父母、父亲，母亲是最后一个。至此，虐待行为才终于被发现。

祖父母大惊失色，强迫儿子离婚。“这种恶毒媳妇，赶紧离了！”可他没有选择和妻子离婚，而是选择了放弃女儿。

榛村织子领走E的时候，F若无其事地说：“你不要了也千万别送回来哦。”

雅也呆呆地望着书页，无法动弹。好一会儿过去，他终于轻轻叹一口气，沉默着合上书。

车窗外，阴沉的乌云已布满天空。

5

雅也在课上开小差，不知不觉已经下课了。

他把装满课本的书包挂在肩上，走出教室。

“笕井！”

走廊对面，一位身穿西装的男人正朝他招手，是研究组的教授。他扬着灰白的眉毛，温柔地微笑着。

“听说你最近没有去就业指导室？那边的老师惦记着你呢。说你好不容易在模拟面试里表现越来越好，后来一直不去有点可惜。”

“对不起。”雅也微微点头致歉，“最近忙于一些私人的事情，不过我会按时参加组会的。工作准备过了年再好好找。”

“嗯，用不着太焦虑。”教授始终表情沉稳，“对于成年人不及时进入社会，最近似乎有不少反对意见，但我不这么认为。有些孩子需要给自己人生一些缓冲的时间。不是谁都能四年学业一结束就马上参加工作的。当然啦，有的人确实可以，可有的人在此之前需要一些思考的时间。”

教授的眼睛在眼镜后眯成一条线，轻松地说：“像你这样的孩子，做一些志愿活动之类的说不定还挺好的。通过人与人的接触能学到不少东西，而且到时候准备好要进入社会了，也有利于找工作，一举两得。”

“志愿者啊……”雅也重复道。

换作前段时间的他，肯定是一百个不愿意：开什么玩笑？鬼才愿意做那些无聊的义工呢。可现在不一样了。

他想起榛村大和在儿童病房和其他福利机构做过义工；合照上年轻的母亲，以及母亲反复自残，病入膏肓至吞食墙土后加入的养子集团……

“是啊。”雅也对着教授笑了笑，“您说的对。志愿者……或许是个很好的选择。”

6

第二天，雅也到看守所见了榛村。

雅也笨嘴拙舌地向榛村汇报了这几天的行动。他去了根津薰的墓地，见到了她的高中同学，等等。

不过他故意没有提到金山一辉。当他把自己准备去案发现场结果迷路一事告诉榛村后，榛村的表情异样地放松了。

“对了，谢谢你愿意接收我那些东西。”

“不用。”

雅也摇摇头。

衣物、毛巾、读完的书籍等，收监人员不再需要的随身物品可以交由外部人员接收，是一种与探视者送慰问品相反的行为。榛村没有家人，只好拜托律师或前来会见的人。

“那我们接下来做什么？”榛村问。

雅也把脸凑近透明隔板，说：

“我准备调查那个跟踪过根津薰的人。奈良冈先生说他也会尽力帮助。”

“有奈良冈先生帮忙我就放心了。他嘴严，值得信赖，而且在当地做过保护司，人脉也比较广。”

榛村点点头，突然又笑了笑。

“这么说来，我们算是和奈良冈先生组成了一个临时联合调查组。”榛村开玩笑似的说。不过他很快就绷紧了脸。

“不过，千万要小心啊。”他低声说，“别忘了，你正在追踪的可能是一个杀过人的人，他可能比你想的还要残暴、危险……可能和我差不多。”

榛村再次笑了。

雅也也自然地跟着笑了。

西边的天空亮丽诡谲，宛如画刷涂抹下了橙与桃红色。上面浮着的，是细细的电线与成群的乌鸦幻化而成的鲜明的黑色。

正是下班时间，西装革履的人群黑压压地向车站走去，雅也逆着人流走出车站。

他与一位中年男性肩膀相撞。“对不起。”雅也下意识道歉。对方却只发出了不胜烦扰的咂舌声。雅也顿时怒火中烧。

“什么意思啊？我不是道歉了吗？而且是你撞过来的吧？凭什么我要被你咂舌？”

雅也盯着中年男人的背影暗骂。

——这家伙，我应该也能杀死……

那人瘦得皮包骨头，只有小肚子诡异地凸出来。看上去弱不禁风，体格、力量、年龄，都不如雅也。不用出手殴打，把他手臂一扭，再狠狠按住，他也就只好哭着求饶了吧。

当然，雅也没有这么做。

他右拳紧握，手心全是汗，而后反复握紧拳头，又立马松开，一遍遍地确认自己的力量，以及用这份力量本可以做的事。

雅也并没有做出其他任何行为。

不过，他心中确实已经刻上了那句话：

这家伙，我也能杀死。

7

回到住处后，雅也立即拿出手机，翻出家里的电话号码，打了过去。

今天一定要打，这是他在回来的路上下定的决心。可看见电话号码的那一刻，他又动摇了。

最终雅也还是按下了通话键。

耳边传来通话音。一声，两声……他已经想好了，如果接电话的是父亲或奶奶就马上挂掉。三声，四声，五声……吱啦吱啦，他明显感觉到神经在绷紧。

第六声过后终于有了回音。

“你好，笕井家。”

是妈妈。雅也手心顿时冒了汗。

“呃……是我。”

“嗯？”

“雅也……”

“啊？啊！雅也？”

衿子讲话有些磕巴，似乎很惊慌。她完全没有想到电话那头会是雅也。

还好吗？最近怎么样？——他想了想要不要这样问候，最后还是打消了这个念头。他想问的不是这些。

“我见到了榛村大和。”

他感觉到电话那边的母亲倒吸了一口凉气。

“……为什么？”

他确认母亲的声音在颤抖。

“我去见他了。”雅也说，“去了看守所。其实我们已经见过很多次了，说了话，也写了信……还看到了你以前的照片，在榛村织子女士那儿做志愿者时候的。”

漫长而沉重的沉默。

过了一会儿，衿子冷不防地说：“哦。”

干巴的声音。那是一瞬间放弃了所有人才能发出的毫无温度的声音。

“那你都听说了吧？”衿子说。

雅也没有否认。

榛村什么也没说，只交代他和妈妈聊起来时“把我的名字说给她听”，可雅也没有多说。

“我……其实不想提。”衿子挣扎着，叹息道，“对着孩子，自己的孩子，怎么说得出口呢？说妈妈受过虐待，妈妈被亲生母亲赶出家门，成了别人的养子……我实在说不出口啊！对丈夫也没有全部都说。我打工的时候认识了他，后来他向我表白。我告诉他我是被收养的，他体谅着说‘其他的就不必多说了’。于是带着这个约定，我们结了婚。”

雅也沉默地听着。

这是他第一次听到父母相识的过程。自雅也记事起，父亲一直对母亲态度冷淡，不理不睬。他无法想象这样的父亲竟然会主动对母亲说“什么也别说了，和我结婚吧”。

“婆婆从一开始就对我不满意。”衿子像是喃喃自语道，“也难怪，儿子突然带回来一个来历不明的孤魂野鬼，换谁都难以接受。婚礼和婚宴统统没有举办。即使婚后过了多年，她还是连亲戚的葬礼都不肯带我去。说我不懂礼数，不适合参加。还说我连一件丧服也没有，一般的正经媳妇，娘家都会准备好带有女方家族女纹的丧服和珍珠作为嫁妆……

“这种东西，我怎么可能有啊！

“别说什么丧服，我的亲生母亲连一支铅笔都不愿意给我买，总是说我‘就你还想花我的钱？想要就自己去求附近的邻居，让人家施舍给你吧’。”

衿子言语中不无自嘲。

“邻居家的姐姐还真施舍过我。实在走投无路时，我也曾经到隔壁町的奶奶家求乞零花钱。后来，老师和医生总是问我为什么不早点告诉爷爷奶奶。可我、我该怎么说？怎么说得出口啊……”

她声泪俱下。

好一会儿，雅也只是静静地听着母亲的啜泣。

衿子抽泣着，有一搭没一搭地说出当时的事情，说她被亲生母亲疏远——不，应该是被憎恨。

她不明白为什么被母亲憎恨，只觉得是自己不好。

衿子曾努力做个乖孩子。过了总是哭闹的幼儿期后，她确实成了一个乖巧省心的孩子，可依旧得不到母亲的爱。

母亲日复一日地骂她“留着你有什么用？”“滚开！”“太碍眼了”，有几次甚至直接说“你去死吧！”。

“听说你吃了墙土……”雅也说。

“对啊。”母亲回答，“不过我不是想自杀。不知道为什么，当时就是很想吃，想得不得了。一般的食物我不需要，因为会胖。一胖胸部和屁股就会变大，她就说我下流。不吃饭，月经就不会来，身体也没有女人味。”

衿子后来被送到了医院。

精神问题和虐待终于被发现后，她离开了亲生母亲。

几个月后，来医院做志愿活动的榛村织子听说了事情的原委后，提出想要领养她。

衿子的父母毫不犹豫地放弃了她。父亲选择了妻子，而不是衿子。他本来工作就忙，没怎么正经见过女儿，几乎没时间培养父女感情。祖父母似乎怒不可遏，不过最终决定权还是在父母。

“于是我成了养子，不过那并不代表好结局。汉赛尔和格莱特[1]回到家后，发现恶毒的继母已经消失了，可喜可贺，可喜可贺——现实可不是这样。”

雅也想起来，榛村也说过类似的话。

“被织子女士收养不代表美好的结局，不过是人生的新起点而已。有些孩子明白这个道理，有些不明白。阿妗应该属于后者。”

“被织子女士领养后，我还是弄砸了。”衿子沉下声音说。

1　汉赛尔和格莱特：格林童话《糖果屋》的主人公。

“为什么？”雅也问。

“我也没办法呀。”衿子小声说，“织子女士对异性间的那个……交往，非常严格。不过我现在理解了，这也不能怪她，她自己也曾长时间受过虐待。和我不一样的是，她受到的是性虐待，所以对这方面感到厌恶也是理所当然。”

衿子自顾自地继续说：“她发现后立马把我赶了出来。我被辱骂，被扇耳光，就像一只肮脏的动物。所以才没有告诉你呀！我当时很痛恨她。”

短暂的沉默过后，衿子开口：“没办法呀，又不能打掉。”

雅也胸口一紧。

衿子没有意识到儿子在想什么，细声问：“他……大和先生，说了些什么？”

母亲的声音变得像一个不谙世事的小女孩。

雅也轻轻吸了一口气，假装平静地说：“说他和你关系很好。说是一起生活的过程中，逐渐打破了隔阂。”

“没错。”衿子回答，“只有他啊。当时我能依赖的人只有他。所以，没办法呀……”

话音落下后，衿子又哭了，那是决堤般的呜咽声。雅也把手机贴在耳边，束手无策地听着母亲抽泣。

雅也耳朵嗡嗡作响，用手指按住隐隐作痛的太阳穴。

头皮上仿佛挤满了无数只飞虫，心怦怦直跳，耳朵嗡嗡作响。好吵啊！太吵了！吵死了！

——母亲衿子今年三十九岁。他是母亲十八岁时生的。榛村比母亲大三岁。也就是说，合照上的母亲是十七岁，榛村二十岁。难道当时母亲已经怀孕了？

——我、我的父亲是……

雅也感觉仿佛失去了重心，明明坐着，身体却不听使唤地倾倒。

难怪啊，难怪，原来是这样，原来所有的一切都是为了在这里，指向这个结论啊，他想。

他感到一阵足以动摇身体核心的冲击。可不知为何，却没有丝毫沮丧。

原来如此，雅也恍然大悟。他终于找到了自己对父亲感到抗拒与不适的原因，原来问题的根源在这里啊。

“爸爸……他知道吗？”雅也安静地问。

“别告诉他！”母亲立即大叫，“……拜托了，别告诉他！”

“知道了。”

雅也点头。很奇怪，他并没有感到抗拒。

几秒钟的时间里，雅也和衿子都没有开口。一阵尴尬且意味不明的静寂。

“不过啊，雅也……”衿子犹豫着说，“你是……是爸爸的孩子。是爸爸和妈妈的孩子，筧井家的孩子。”

——太假了。

“嗯，知道了。”雅也没有多说。

他挂断电话，低头盯着手机。

身体被沉重的倦怠感包裹，四肢完全无法抬起，他感觉在短短几分钟时间里自己足足老了十岁。

——不过，这下终于明白了。

他握紧手机。

为什么榛村要给自己写信，为什么会提出如此奇怪的要求……

那隔着透明隔板的慈爱的眼神，那些奇怪的表情……雅也终于明白了。

——原来如此，原来我是他的……

难怪呢。难怪被判处死刑后要趁申诉没被驳回赶紧见面。

不像怪物，极有人性的执着。这么一想，仿佛一切都理解了——他为什么要来拜托我，为什么不是别人，偏偏是我。

雅也站起身。

走了几步后，他踉跄地跪倒在地上。

喉咙发出奇怪的声音，像是呻吟，又像是呜咽。

*

手握分机电话，衿子脑子一片空白。

过了一会儿，她终于有了意识——啊……被发现了。血脉相连的唯一的儿子，终于什么都知道了。

她不感到焦躁，也没有解脱感。

胸口像是突然开了一个洞，没有人能填满，也没有人愿意填满的洞。深不见底的洞……不，那不是洞，是缺口。

衿子想：

没错，我有缺口。我很多地方都不完整。是天生的吗？还是后天缺失了？我就像是一堆缺失了螺丝和零件的机器，是无法正常运转的残次品。

所以对儿子造成了伤害。明知道已被逼入绝境却只能像个傻瓜一样呆呆站着，完全束手无策。

我错了。很早以前就选错了。

——所以，没办法。

还债的时候到了。我知道，这一天迟早要来。只是不知道什么时候、以什么样的形式来而已。

——而眼前，又有了新的选择。

衿子凝望着虚空。

第六章

1

雅也打开电脑，输入“金山一辉”进行搜索，一个电力通信公司的“员工简介”页面吸引了他的注意。

打开网页，二十多名员工的照片和全名立即填满了屏幕。

往下翻到倒数第三个，终于出现了金山的照片。光标移到照片上，记录着年龄、学历、工作年限、居住地等信息的个人主页跳了出来。

金山一辉，三十五岁，最高学历是工业专科院校电子系统工学专业。现在在这家电力通信公司做网络工程师。

雅也喝了一口加浓咖啡，再次打开公司介绍页确认了一遍。

——这个公司的地址，离根津薰上班的公司有点远。

根津薰工作的丸正商事在一条商业街上，从“Roshell”开车差不多要一个小时。金山工作的地方在一条国道旁，距离两边都很远。从工作年限来看，案发时金山应该还在这家通信公司上班。

——金山那天为什么会出现在根津薰回家的路上？

根津薰的正常工作时间是早上八点半到下午五点半，金山是八点到五点。两人都是双休，周六日休息。

从通信公司到商业街开车不到三十分钟，根津薰的下班时间一般在六点前后。如果金山按时下班就完全来得及。

——不过，为什么呢？

通常情况下，来商业街喝酒或吃饭完全有可能，附近有众多餐馆和居酒屋等。虽然离金山的工作地有点远，但如果他喜欢的店恰好在丸正商事附近也不是不可能。

——跟踪根津薰的，是金山一辉吗？

这当然只是一个假设。

但可以肯定的是，金山不只是一个单纯的目击者。他去给根津薰扫过墓，还在她墓前哭泣，而且案发现场附近也有人看到疑似他的踪影。

菩提寺的僧人说“应该是根津小姐的男朋友”，可根据家人和身边其他人的证言，根津薰没有男朋友。此外，她的朋友还说她有极端的洁癖。

金山一辉现在三十五岁，这个岁数的人已婚也毫不奇怪，可是在礼品店和看守所等候室遇到金山一辉时，他左手并没有婚戒。

当然，没戴婚戒不代表单身。不戴婚戒的已婚人士，无论男女都有不少。

不过，如果金山一辉已婚，扔下家人周末跑来看守所应该很困难。三十多岁的人往往会被要求花大量时间在家庭上。为了一个不确定要见还是不见的人，花费时间和金钱多次前往看守所，配偶应该很难答应吧。

“不对，已婚人士也有可能是跟踪狂啊。这不是问题的关键……”雅也自言自语，然后挠了挠头。

——不行，光在这里想根本无济于事。

雅也不自觉地长舒一口胸前积攒的闷气，靠在椅子上。

“你从我这里应该听不到什么有用的。”

自称木田的中年教师说完，皱起眉头，他的表情明显在表示“烦死了”。雅也忍住没有苦笑。

他和木田正在一间教务室里，这里是金山一辉以前上的小学。

是奈良冈帮忙打点的。不愧是做过保护司的人，在当地各处都有很强的关系，尤其是教育相关的部门。

“我想找知道金山一辉小时候的事情的人聊一聊。”

雅也找奈良冈帮忙时，他首先打听了金山以前就读的中小学。

很可惜，当时的老师们都已经调走了。不过，令人意外的是，金山的小学同学现在成了学校的老师。

得知这一消息，雅也向奈良冈发出请求："能不能请您安排我和这个老师聊一聊？"

他如愿以偿是在五天后，也就是现在。

"您别这么抗拒嘛，我只问一些常规问题。"雅也解释道，"小学五年级的时候，他的姓从吉川改到了母亲这边的金山对吧？您知道这是为什么吗？"

"改姓是因为他被领养了。"木田爱搭不理地说。

他们在教务室的接待处面对面坐着，与老师们的办公桌只隔了一块玻璃隔板。因为是上课时间，教务室人并不多。

木田将手肘撑在沙发上。

"这没什么奇怪的吧？父母离婚后孩子改姓，我好几个同学都是这样。现在这个年代，不算稀奇吧？"

"嗯。不过被外公外婆领养的应该不多吧？您说呢？"雅也说。

木田明显不耐烦，不过也不得不承认："这个嘛……是有很多说法，不过都是些蠢得要命的谣言。说什么他和弟弟吵架，闹着要杀了弟弟；又说他把弟弟弄得差点死掉，于是被赶出家门。儿童商谈所和福祉科的人好像确实去了他家，不过吉川弟弟身上既没有骨折，脸上也什么伤都没有。”

那是当然，因为榛村大和命令他们“在衣服下面别人看不到的地方互相伤害”，外人光从表面看根本发现不了。雅也心想。

木田耸了耸肩。

“总之，都是些谣传。比起弟弟，我觉得问题更大的是他爸爸。”

“他爸爸？什么意思？”

“吉川……啊，抱歉，现在应该叫金山。金山的父亲，当时在这个学校当老师，你知道吗？”

“不知道。”

雅也有些惊讶，赶紧摇头。

木田继续说：“他是体育老师。不过学校没有让他直接教金山两兄弟，毕竟是父子嘛。这么说可能有点那啥，他风评不是很好，有点斯巴达[1]，总是大谈精神论，现在根本都不推崇那个了。学生们基本都很讨厌他。”

“你也是吗？”

“对。”

他干脆地点头。

1 斯巴达：这里指崇尚严格军事体育训练的斯巴达式的教育方式。

“金山和他父亲之间关系不是很好。”他继续说，“金山天生黑色素分泌不足，太阳一晒就浑身红肿，个子也比较瘦小。吉川老师对此特别不满。他妈妈拿着医院的诊断证明到学校，申请免除金山在操场和游泳池的体育活动。吉川老师却觉得作为自己的儿子，金山没有一点男子气概，不像样，丢了他的人。”

“大男子主义的化身，是这种感觉吗？”

“没错。”

木田用力点头，表示认同。

“我好几次看到吉川老师在学校的角落骂他。无非就是天天挂在嘴边的男子气概罢了，絮絮叨叨地骂个不停，语气中充满嫌弃。说什么‘你这也算我儿子？’‘你这也好意思说自己是男人？’‘你该长的东西是不是没长齐啊？’之类的。”

“他是怀疑妻子对他不忠吗？”

“应该不是。”木田挥手否认，“应该是无法接受长子不是自己期望的那样，于是恼羞成怒吧。讽刺的是，金山长得和吉川老师特别像。如果吉川老师变成小孩，皮肤再白一点，做出弱不禁风的表情，他俩简直就一模一样。他们的父子关系毋庸置疑。不过长得越像，吉川老师可能就越愤怒吧。”

“他弟弟呢？”雅也问。

木田说：“他弟弟可能像妈妈。头发和眼睛乌黑，和金山不同，性格天真开朗。不过金山也不是生下来就这样。我认为是在父亲的高压下逐渐萎缩的结果。”

“他爸爸应该很宠爱弟弟吧？”

“应该是。我从金山口中听到过几次，‘我不是爸爸喜欢的孩子，都是我不好’‘要是像弟弟那样，爸爸就不会生气了’。”

雅也继续问：“你眼中的金山一辉是个怎样的孩子？”

“乖巧懂事，是个不错的家伙。画画很好，他的画经常被老师贴墙上。出于外表原因，有的家伙笑话他像个女人，但他性格上没有任何问题。我还去他家玩过几次。”

“他爸妈家吗？还是外公外婆家？”

“他爸妈家。他改姓为金山后我就没去过了。不过也单纯是因为太远了，没有其他意思。”

“你知道他弟弟叫什么名字吗？”

“嗯……好像是叫大地？吉川大地，比我们低两个年级。金山被收养前，就是二人分开以前，他们关系应该还不错，就是正常的两兄弟。”

吉川大地——雅也在笔记本上记下，抬起头，又问：

“金山被收养以后，兄弟之间发生过什么矛盾吗？不一定是大打出手的那种，比如吵架或者彼此不和之类的情况，有吗？”

“没有。倒像是互相躲着对方。可能被父亲下了命令不要和对方说话，不能有接触。”

雅也找出笔记本中夹着的根津薰的照片，轻轻递给木田。

“您见过这位女生吗？”

“呃……没有……”

木田歪着头。

“不过……”他嘟囔道。

雅也立即追问：“不过什么？”

木田却苦笑了一下。

“没什么，抱歉。乍一看觉得有点像他妈妈，仔细看又发现不是。抱歉。”他摇摇头，继续说，“我能说的就这些了，如果你还有想问的……哦对，我认识一个和他上了同一所高专的家伙，可以介绍给你。”

2

没想到木田介绍的男人却说：“金山？呃……他的话……去找和他在一个公司上班的家伙可比我合适多了。”

他一开口就让雅也吃了闭门羹。不过好在他继续说：

“金山后来换了工作，不过那家伙好像还在原来的公司。他和金山做了近十年同事，肯定知道不少。”

男人说完，将公司名和联系方式给了雅也。

是一个叫相马的男人，在系统开发公司做销售。

出现在咖啡店的相马与想象中不同，体格健硕，浑身被太阳晒得黝黑，只有左手还是白色，估计是打高尔夫晒的。雅也父亲三十五岁左右的时候也是这样。

“我和金山刚进公司的时候都是研发，不过我很快就被调去做了销售。谢天谢地，总算解脱了。”

相马表现得非常友好。

“我们公司啊，根本不拿研发当人看，就纯粹是‘消耗品’。销售得整天在外面跑，有时还要见客户那边的大佬，所以要求稍微打扮一下，还要做好个人健康管理。干我们这行的，搞垮身体后离职简直是家常便饭。公司文化也很彪悍——‘不行就赶紧滚，等着上的有的是’。简直让人无语，完全就是黑心工厂。”

“……这样啊。”雅也附和道。

他的笑容微微有些颤抖。虽然受到过教授的好心安慰，不过对于一个即将要找工作的大学生而言，这些话真的不是很想听。

相马啜了一口咖啡。

“一听系统开发，是不是觉得很高大上？根本不是那么回事儿！里面全是些打了鸡血的家伙。像金山这样的家伙估计受了不少苦。我换了部门以后，我们就聊得少了。不过他的脸色啊，一次比一次憔悴。当时他好像老是吐槽‘没有假期’‘本来就不善交际，不多的几个朋友也都走了’‘再这么干下去就要疯了’。”

“我听说他终究还是干了将近十年……”

“这个嘛，当你干得像个奴隶一样的时候，就很难去外面找工作了。”

相马耸了耸肩。

“一没时间，二没体力。一回到家就累瘫了，只能泡个澡后睡觉。什么食欲、性欲的，都无所谓了，首先是睡眠。过着这样的日子还想找下一份工作？根本不可能。光是处理眼前的事情就累得你够呛。”

“不过金山最后还是离职了，对吧？”雅也把身体向前凑，问，“有什么契机吗？”

“有有有，可太有了。”

相马夸张地挥挥手。

“他的直属领导换了。之前的领导和女员工搞外遇，被发现后调走了。之前那位也不咋样，新来的就更过分了。是个打了鸡血的浑蛋，和公司风格倒挺契合的，动不动就说什么‘你们这些家伙，一个个都废了’‘给我打起精神来’‘老想着痛苦所以才痛苦！给我拿出努力和毅力来’，二话不说就拿出精神论那一套来。”

“像个体育老师。”

“没错没错，那家伙简直就是个斯巴达体育老师。那种人真的很讨厌啊。光靠努力和毅力就能按时交货的话，大家还费个啥劲呢。”

相马笑出了声。

“而且那个领导还喜欢喝酒，总是逼迫下面的人，甚至给人家灌酒，还说：‘我的酒也不喝吗？’典型的酒精骚扰。金山本来就不喝酒，所以没少被欺负，那个领导说他：‘你是个娘们儿吗？’‘看不起谁呢！’”

他继续回忆说：“金山小子不是天生皮肤比较白嘛，偶尔会被人说像个女人，他也一直有点在意别人这么说他。而且本来这工作压力就大，又遇上酒精骚扰、精神骚扰，还被骂是个娘们儿，于是就……”

相马叹了口气。

“金山那小子，动手打了那个领导。”

“啊？”

雅也从笔记本上抬起头。

相马降低声调：“不幸中的万幸是，事情没有发生在公司，而是在外面的酒桌上，所以没有被强制辞退，让他主动离职。不过话说回来，他勤勤恳恳干了近十年，拿到的离职补贴就那么一丁点，和被扫地出门根本没啥区别。下一个可能就到我咯。”他自嘲道。

“大概是六年前，对吧？二十岁入职，离职的时候他是二十九岁。”雅也问。

“对。”相马点点头，说“好像是没等拿到失业保险，他就入职了现在的公司。嗯……失业保险是不是失业六个月后就能领？这么说的话，他失业时间差不多是四个多月吧。应该能靠老本儿活下来。”

“他失业的时候，你们见过吗？”

“只见过一次。”

“他当时怎么样？”

“情绪上当然有点低落，甚至可以说被击垮了。不过他说不后悔动了手，说了好几次‘实在忍不了了’。”

看来是忍无可忍，然后爆发了，雅也分析着。

金山一辉性格稳重，有很强的自卑感，再加上因为工作强度太大，几乎没有朋友。换句话说，他憋屈、孤独，有随时爆发的可能性。

被金山殴打的领导明显和他父亲是同一类型，愤怒的导火索一定在这里。以前伤害过弟弟，后来又因殴打领导而被迫离职。应该可以这么说——他诉诸暴力的条件比常人更低。

据说在日本，容易进行跟踪犯罪的大致可分为两类人：一类是在过度保护的环境中长大后任意妄为的，一类是孤独但依赖心理很强经常耽于幻想的。

前者潜意识中认为只要闹一闹就什么都能得到，后者则容易分不清幻想与现实。

金山是否属于耽于幻想的那类现在还不好确定。不过，经历过挫折的人总是习惯逃避到幻想中。被克己奉公近十年的公司扫地出门似乎成了他的心病。

“你对这个女人有印象吗？”

雅也拿出根津薰的照片，推到相马面前。

“不认识。”相马摇摇头，又说，“抱歉，我虽然干的是销售，但总是记不住别人的脸。客户那边的大叔们也是，靠一些明显的特征才勉强能记住，比如大光头啊，大黑痣什么的。”

他挠挠头。

“方便的话，这是我们公司的宣传册。”

他随后摸了摸身边的包，突然摆出销售的架势，将名片放在薄薄的宣传册上递过来。

“又是黑心工厂，又是打鸡血什么的，我没少骂，不过都是些内部的事情，对待客人我们是专业的，你完全可以放心。律师事务所的资料现在应该也都是保存在电脑里吧？请务必多多关照！”

“嗯。”

雅也脱口而出，随后翻开宣传手册。

封面上印着一个大大的公司标志，按行业分别介绍了系统服务等的最佳实践。建筑、制造、餐饮、教育……似乎各行各业都有涉及。

嗯？雅也的手停了下来——倒数第二页上印着客户名单，小号的字体密密麻麻印了不少。雅也的注意力被其中一家吸引——丸正商事。

根津薰工作的公司。

雅也努力控制不让对方觉出声音异常，问：

“丸正商事也是你们的客户啊？”

“啊？”

相马似乎一下子没反应过来。他眼神飘忽，似乎在搜寻记忆：“丸正、丸正……”然后突然啪的一声击掌。

“啊！是做医疗用品租赁的吧？对对对，财务和薪资系统是我们公司做的。我们时不时还会去给他们家做维护呢，好像和我们合作有些年头了。”

雅也手心开始冒汗。

“去维护的一般是什么样的人？”

“研发啊，销售可搞不懂系统。”

雅也顿觉心跳加速，气血上涌，压抑住兴奋，说：“可以再问一个问题吗？据你所知，金山一辉的异性关系怎么样？”

相马一脸疑惑地说：“异性？哈哈，完全不可能，从来没听过他有女朋友什么的。那家伙……应该没办法和女生好好说话吧。”

3

“我和他以前的同学还有同事都见过了。”

雅也告诉面前的榛村。他故意没有提金山的名字。

“是吗？怎么样呢？”榛村温柔地问。

和以往一样，他们之间隔着厚厚的透明隔板。即便如此，雅也感觉他依旧那么亲近。

“我了解了一下他的父亲，是个典型的有男性优越思想的体育老师，在孩子面前是个暴君。”雅也说。

“那我们接下来怎么办？”榛村问。

“准备调查一下他弟弟，然后再仔细调查一下根津薰的人际关系。不过目前我没有任何门路，后者可能希望较小。要是能想办法和她以前的同事取得联系就好了。”

“一定会顺利的。目前不是一直挺顺利的嘛。”

“嗯……不知道。”

雅也抬起一直低着的头，看着眼前坐着的五官端正的男人，心想原来如此啊，原来这个人就是我的……

胸口不合时宜地缓缓腾起一股热意。微甘，发痒，又伴着疼痛的热意。

榛村问："阿衿……哦不，你妈妈……她还好吗？"

"很好。我给她打电话了。"

"是吗？她说我什么了吗？"

"一点点。"

"说了什么？"

"说当时可以依靠的人只有你。"

"这样啊。"榛村点头。

"这样啊。"——他重复一遍，像是在镌刻什么。

好一会儿，他一言不发。雅也也没有开口。

沉默降临。

会见时间很短，能说话的一分一秒都极为宝贵。雅也却不觉得沉默是在"浪费"，他心如止水。

那是一段浓密且安宁的寂静时间。

下了电车，返回住处的路上，雅也和两位女小学生擦肩而过。

她们分别背着浅蓝色和红色的书包。背浅蓝色书包的留着活泼的短发，背红色的则更乖巧，头上的发带随风飘扬。

大概是小学四五年级吧？雅也胡乱猜测。

二人的腿均又细又直，不过再过个两三年身体就会开始累积脂肪，腿会变得又粗又丑。

一个念头闪过：太可惜了。

——太可惜了，要是一直那样就好了……

——话说，榛村在公交车站掳走的那个女孩，当时正是她们这个年纪。

资料上说是个陌生的小学五年级女孩。榛村在公交车站搭讪后，把她带到巷子里，用混凝土块击打女孩后脑，对其下腹拳脚相加，双脚站在女孩脸上……女孩脸部塌陷，门牙几乎全部折断，右眼球破裂，内脏多处重伤。

——那个女孩怎么样了呢？

应该很难再获得幸福吧？整形手术把脸部恢复到了什么程度呢？留下了多少后遗症？

他感到同情。不过只是那种普通的、极为淡薄的感情。如同对电影人物产生的毫无现实感的怜悯。

——我也可以像榛村那样吗？

一个念头闪过。

就像榛村大和曾经做过的那样……和其中一位少女成为朋友，变得亲密，建立能够将其带到空巷的信任。

我更喜欢背红色书包的女孩，雅也心想。

榛村喜欢清纯、带有中性特征的少男少女，不过我还是更喜欢温柔的。柔软、纤细、毫无抵抗能力、苗条纤弱的肉体与骨骼。

好一会儿，雅也只是站着，一动不动地盯着少女们。

“快点回去吧！”二人商量着，似乎是傍晚电视上会放什么动漫。她们加快脚步，随后跑了起来，小小的背影渐行渐远。

待到少女们完全从视线中消失，雅也才终于转过身来，继续向前走。

4

第二天，雅也去了丸正商事附近的餐馆。

点评网站上说，那家店是“广受商业街女职员支持与好评的秘密食堂”“有健谈的店主与家里的感觉”。

运气好的话，店主或许认识根津薰。而且既然店主健谈，能够提供信息的希望就很大。

结果却是徒劳。

店主只说丸正商事的员工是“很好的客人”，但表示不认识根津薰，也不记得案子相关的事情。

“五年前？发生过这样的案子吗？您别开玩笑了，这可不是吃饭时该聊的话题。”

身穿厨师服的店主明显脸色不太好。

雅也故意避开午饭时间去的，店里却仍是人满为患。店里的客人不只有附近的公司职员，还有很多情侣和带着孩子的夫妻。

里面的座位上，购物完的妈妈和孩子正在吃饭。

那是个女孩，有五六岁吧，正在吃意大利面，嘴巴一圈沾满了红色的酱汁。女孩的妈妈时不时拿出纸巾边擦拭掉落在桌子上的食物残渣，边微笑着看着自己的孩子。

——那个孩子会不会去卫生间呢？

喝完“冰美式”咖啡后，雅也心想。

——离开妈妈，一个人去就好了。

调查无果令他备感焦躁。

——等她一离开妈妈，就悄悄跟上去。

——那么小的孩子，完全可以轻松抓住。堵住她的嘴巴，不让她出声。话说之前好像有犯人把抓到的幼女塞进行李箱，她这个大小，我的手提包应该也能装下。

当然，女孩并没有离开妈妈身边。

女孩吃完后，妈妈为她认真擦拭干净嘴巴，随后起身结账离开。妈妈的右手紧紧牵着女儿。

今天下午四点开始有课。

雅也从西门进入学校，踩着脚下的铺石地面径直走向学院楼。看了一眼时间，还有十来分钟，不用着急，他放慢脚步。

“筧井同学！”

从前面过来的女生看见他后举起右手跑了过来。雅也眯起眼睛仔细看，不是加纳灯里，是组里的同学。

“你要去参加志愿活动吗？我听教授说了哦。”

说着，她露出纯真的笑容。栗色的头发和五官都普普通通，裙摆下的腿却非常漂亮。

雅也说：“我还没决定呢，只是说会考虑。”

“啊？快来吧！我们组现在急需男生。听说你没怎么找工作，怎么回事呀？”

“抱歉，最近有点忙。”

“什么嘛。看你也没找工作……是在打工吗？聚会？约会？筧井同学有女朋友了吗？”

“没有啊，不过我还要忙一阵子，忙完就有空了。到时候我找你怎么样？”雅也微笑着说。

女生惊讶地睁大眼睛，认真看着他。

“筧井同学，你好像哪里不一样了。”

“是吗？”

“嗯！变得好说话了。怎么说呢……更随和，也更稳重的感觉。抱歉，你别介意啊，之前感觉你总是有点气冲冲的。”

“呃……嗯。”

前几天好像别的女生也说过类似的话……

“该道歉的是我才对，如果有冒犯到你的话非常抱歉。最近发生了一些事情，所以一直比较消沉，不过我终于想通了，真的抱歉。”

“啊？不不不。”女生摇摇头，嘟囔道，“真的，就像换了一个人……”

她说着扭头四下看了看：“啊，你看那个人，是志愿者队的副队长。你等一下，我叫他过来。”

话音刚落她就跑开了，雅也根本来不及阻拦。没办法，他只好一边等女生回来，一边无所事事地环顾四周。

一张熟悉的脸从眼前闪过。

加纳灯里。

今天她也和之前那个男生走在一起，两个人肩并肩，有说有笑的样子看着分外亲密。

雅也不禁有些失落。

不过看着那位男生，他的心头竟缓缓涌出一股轻蔑。

——什么呀，原来是这种家伙啊。之前光线不好没看清，这不就是个弱不禁风的矬子吗？估计比我矮了差不多有十厘米呢，而且瘦得皮包骨，感觉轻轻一推他就会一屁股坐在地上。

——以前的我为什么会对这种家伙感到畏惧呢？

男人挥手和灯里分别，像是要去上课了。

灯里也冲他挥了挥手，随后走开。走了几步后她抬起头，或许是注意到了雅也的视线。

灯里的脸上有了光彩。

“笕井同学！哇！感觉好久没见了。你终于能来学校啦？”

“没有休那么久啦，而且我也一直在参加组会。”

还真不会说话，雅也苦笑。

“后面有课吗？”

“嗯，法医学原理。你呢？”

“教育人类学概论。”

灯里说完，抬起头看着他。

“笕井同学，你好像更斯文了。”

“啊？”

“你好像比以前更斯文了。”

“啊？有吗？”雅也没有多解释，只是说，“感觉这样好一点。”

灯里沉默了一会儿，不好意思地说：“感觉，有点像是……以前的笕井同学回来了。”

雅也略显不解。

“又不太像，不不，可能完全不像。”

“是吗？”

“嗯。”灯里皱起眉头。

“刚才也有同学这么说。我现在这样更好吗？”

“怎么说呢，我也不知道，但确实变了。”灯里重复道。

雅也有些困惑，笑了笑。心头腾起一股焦躁，不过他很快就控制住了。

他指了指灯里手上的票，问：“那是水族馆的门票？”

“啊，对，别人送的。”

估计是刚才那个男生吧。约会吗？雅也顿时感到失落，他看着灯里。

“去吗？”

“还没决定呢。”

“原来你喜欢去水族馆啊。”

“嗯，我说我对养殖槽感兴趣，结果就收到了一张门票。”

毫无意义的对话越拉越长。雅也正考虑该如何结束，背后却恰到好处地传来呼叫：“筧井同学！”

刚刚那位女生正在副队长旁边向他招手。

“拜拜。”雅也终于解脱，向灯里挥手告别后跑了过去。

志愿者队的副队长自称是教育学院大四的学生，是个看上去很认真的男生，和他戴着的细框眼镜相配，镜片后的眼眸有着山羊般的温柔。

“听说你愿意加入我们，有男生愿意加入真是太好了。搬工具、拿行李之类的，力气活儿还挺多的。”

“啊，抱歉，现在还不太行。最近我有些私事，还挺忙的。”

雅也连忙挥手。

男人丝毫没有介意。

“当然！不用马上过来，有空了就行。志愿者嘛，主要是自愿。我们的活动内容你了解过吗？”

“还没有呢。”

“主要是福利机构比较多，不过活动内容很丰富。你有感兴趣的方面吗？还是从自己喜欢的事情开始比较好吧？”

“我的兴趣啊……”雅也稍作思考，说，“我比较希望能帮助那些不幸的孩子，你们有计划去幼儿机构或儿童病房吗？”

5

“我去了商业街那边的餐馆……白跑了一趟，抱歉。”雅也低着头说。

“不用道歉的。”

榛村温和地微笑着。和往常一样，他旁边坐着一位管教，正在埋头记录。

“已经很顺利了，我们既不是警察也不是侦探，作为普通人，已经做得很好了，你不觉得吗？”

他的语气中没有丝毫揶揄。

雅也看着他。

清晰的双眼皮，大眼睛。

家里……父亲好像是单眼皮，雅也突然想起。雅也本来就长得像母亲，而且之前课上也学过双眼皮属于显性基因，所以没有把自己是双眼皮而父亲是单眼皮当回事儿。

“阿雅不像爸爸，仪表堂堂，真是太好了。”姑妈经常这么说。

不知为何，姑妈和亲弟弟似乎不太对付，经常阴阳怪气。奶奶每次听见后都没给她好脸色，可能是听到她拿自己引以为傲的长子和孙子开涮心里不是滋味。姑妈明明也是奶奶怀胎十月生的……雅也每每觉得不可思议。

不过他现在懂了。

父母对子女的爱并不平等，不能无私爱护子女的父母大有人在。

雅也再次盯着眼前的男人。

有些话已经到了喉头。

不能说——他告诉自己。可他实在太想知道了，太想现在就问个清楚了。他太想得到对方明确的肯定了。

“你……”沙哑的声音从口中冒出，“你是……那个……我的……”

话在喉咙里团团转。

雅也深吸一口气，低声说：“爸……爸爸……吗？”

没有回音。

榛村的表情没有任何变化，视线却略有动摇。

雅也茫然地看着一层薄薄的水膜逐渐覆盖了他的眼睛。

他从未见过这样的榛村。

“是的吧？”

不觉间，雅也加强了语气。

又一阵沉默过后，榛村轻声说：“现在……要是现在能握握你的手该多好啊。”

他的声音略微颤抖。可语气中带着难以掩饰的羞怯与喜悦。雅也浑身顿时没有了力气。

榛村微笑着说：“抱歉，只能在这种地方和你说这些。”

“不会。”

雅也摇了摇头。一股热流冲上鼻头，即将夺眶而出，他急忙抬起头。

“你是特意把我妈妈的照片放进资料里寄给我的吗？”

雅也忸怩地指出。

榛村沉下眉头：“被你发现了呀。”

他苦笑，放在台面上的手指不知所措地交叉在一起，随后又分开。

“我本来不打算说的。寄出第一封信是抱着试一试的态度。写信时，我只希望能见一面，见一面就足够了。可最后还是想让你知道。在我们一次次见面的时间里，欲望控制不住地冲了出来。抱歉……是不是特别蠢？”

“不会。”雅也简单回复道。

除此之外，他已什么都说不出口。

回家后，雅也栽倒在床上，躺了好一会儿。他仍旧无法消化不断上涌的情绪。

似乎是他希望的答案。

难以接受的矛盾情绪也并非完全没有。

父母都是小时候受过虐待的养子，父亲还是变态杀人犯。他杀害了数十位无辜的少男少女，不久的将来就要走上绞刑架。

可令雅也惊讶的是，自己对此并不觉得厌恶，而是顺其自然地接受了。比起榛村是杀人犯这一事实，他即将被处以绞刑一事反而让自己更加抵触。

雅也对母亲也产生了前所未有的亲近感。

当然，他从未厌恶过母亲。每次奶奶疏远母亲，他都觉得生气，也很难过。他希望父母关系融洽，不愿意看到父亲瞧不起母亲。

即便如此，雅也总感觉母亲衿子遥不可及，她在筧井家总像个旁人，像外人。在与不在都无所谓。即使在，也只是个摆设。

雅也现在才终于强烈体会到她是自己的妈妈。

将榛村和雅也深深联系在一起的是衿子。他甚至对此心存感激。正因为妈妈，自己才能够和他产生联系。

从小学到初中，雅也一直是榛村店里的常客。

——他是以怎样的心情面对我的?

榛村知道眼前的人是自己儿子，所以才那么温柔。热情地招呼与热心地倾听，并不是单纯的待客服务。那是爱，是对孩子疼爱的眼神。

——得去接触吉川大地才行。

雅也下定决心。

吉川大地，金山一辉的亲弟弟，被哥哥伤害，也伤害了哥哥的人。

雅也想要了解他眼中的金山是什么样的，进而推翻金山的目击证言。杀害根津薰的，应该就是金山一辉。

——不过……怎么办呢?

该怎么接近他呢?雅也毫无头绪。首先，吉川大地在哪里、在做什么，完全不知道。雅也与他的交集只有金山，可又不能直接去找金山本人打听。

他从包里拿出手机，准备关掉静音模式时，看到了一条短信，来自陌生号码。

广告?通过短信发广告可不多见。雅也诧异地打开短信。

怦！心脏剧烈跳动。

对方自称是金山一辉。

“马上停止调查！别再挖了！停止你的侦探游戏！继续调查对你没有好处！”——他强硬地威胁雅也。

雅也有些茫然。

过了一会儿，他回过神来，开始回信：“你怎么知道我的号码？这是警告吗？”

大约一分钟后，响起的不是短信提示音，而是来电铃声。犹豫几秒后，雅也按下接听键。

“喂……”

没错，是金山的声音。

雅也下意识咽了下口水，紧张令他背部僵硬。

“你怎么知道我的……”他问。

“我看了相马的FaceBook。”金山满不在乎地说。

相马，就是和金山就读同一所高等专科院校，毕业后又进入同一家系统开发公司，不久后转入销售岗的那个人。那个打高尔夫晒得通体黝黑、态度轻薄的男人。

“那家伙把你的事情写到了FaceBook上，你知道吗？说是律师助手来见他，浮夸得很。他还偷偷拍了你的照片发上去，你估计都没注意到吧？”

雅也无言以对。

他没有FaceBook账号，完全没想到会有这么一出，根本没意识到。看来在这个社交媒体全盛的时代，得有一点这方面的意识才行，他太蠢了。

“你应该也交代过他不要和别人说吧？没用的，他们都是些逢场作戏的家伙。对于他们来讲，无非是多了一个和朋友茶余饭后聊天的谈资而已。”

听金山的语气，似乎有些疲惫。

雅也惊愕地问：“我的手机号码也是……”

“没错，我让他把名片拍照发给我了。”

雅也强忍住咂舌的冲动，他在名片背面写上了自己的手机号码，还说“如果想起什么请随时联系我”——想起当时自己警探般的口吻，雅也不禁暗暗自嘲。

“佐村律师是榛村大和的主任律师吧？我在法庭上见过他。”金山低声说。

雅也一时不知该如何回答。金山长吸一口气。

“这是警告。不要去找我弟弟。不要再挖掘那些没用的过去了。懂了吗？这也是为你好。”他一字一句地说，“还有……别再接近榛村大和了。”

雅也再次无语，暗道：你有什么资格和我说这些？瞎操心！你有什么权利？你知道我们是什么关系吗？

他好想这么说，可终究没有说出口。回撑的话在喉咙里迅速萎缩、干瘪。

“……最近有人说你变了吗？”金山在电话那头喃喃道，“大家都这样，变得越来越像他，会受影响的，说话方式、动作，甚至是眼神。我以前也一样。当时我是真的想‘成为他’。”

雅也屏住呼吸，沉默地听着。

他隐隐觉得不听不行，他有一种直觉，心中波澜起伏，沙沙作响。

“不是‘像他那样’，而是想‘成为他’。你理解吗？我当时就是这么迷恋榛村大和这个人的，已经魔怔了。”金山降低音调，“你现在可能也是这种状态。你……”

雅也挂断电话。他察觉到自己心跳在加速，耳边怦怦直响。血在往头上涌，脸很烫，指尖却冰凉。

雅也在脑中反刍金山方才的那些话。

——不是“像他那样”。

——而是想“成为他”。

“哦，我当然懂。”雅也嘟囔。

——所以呢，所以你杀了根津薰？

——因为你想成为榛村大和呀，你恨不得被他同化。

——你用榛村的眼睛看世界，体验他的感受。希望能和他共享那些无法与其他人分享的感觉。

——正如同现在的我。

雅也手上自然而然地没了力气，握着的手机吧嗒一声掉在地板上。

他用手背擦了擦额头上的汗。

6

“……列车即将到站。请注意安全，退到黄色安全线后。请退到黄色安全线后。”

雅也穿过站台，上车。

临近停运时间，电车上空荡荡的。只有混杂着香水、发胶、体臭以及速食菜的余味仍充斥着车厢。

雅也没有坐下，而是抓着拉环站在车厢里。车窗透着夜色倒映出他的脸，他缓缓环视车厢。

眼前一个女人捧着两大束鲜花，估计是刚参加完送别会之类的。对面一个带着吉他盒的男人正靠着车窗打盹儿。一位公司职员发出响亮的呼噜声，似乎是喝醉了，嘴角的口水连成一条线，眼看就要滴下来。两名女高中生像是刚从补习班出来，她们并排坐着，没有说话，只是安静地各自玩手机。

电车在站点停下，开门。

带着吉他盒的男人率先站了起来。醉酒的职员紧随其后，嘴里嘟嘟囔囔的，像是没睡醒，摇摇晃晃地走下车。

正要走出车厢时，眼看他的腿要踏入车厢与站台的缝隙，雅也迅速上前搀扶。

站在男人身边，一股烂柿子般的臭味冲进鼻腔。

雅也抬头看了一眼电子板，不是要下的站。他扶正醉汉，将他的左臂架在自己肩上：

“真是没办法，大叔！清醒点！”

雅也大声说，让乘客们听到，随后扶着男人下了车。

走出车站，他左右望了望。右边亮着一盏红色警灯，是警亭。眼看右边不行，雅也毫不犹豫地选择了左边。

这个车站他来过几次，穿过地下通道，能绕到车站后方。

男人不时呻吟着发出低沉的鼾声。雅也的肩上很重，男人四肢已完全脱力。

穿过地下通道，眼前是一条鲜有路灯的昏暗的路，与车站前的热闹繁华形成鲜明对比。

雅也架着陌生的男人继续向前走。

路的尽头竖了一面锈迹斑斑的铁丝网，网的那边杂草丛生，人影全无。

铁丝网上四处可见用铁钳剪开的痕迹，上面开了好几个缺口。雅也找到最大的一个缺口，将醉汉放下。

他先钻进铁丝网，湿润的杂草濡湿了小腿。因为光线太暗而看不清，不过脚下似乎并没有过于泥泞。他用鞋尖踢了踢地面，确认不会陷进土里。

雅也伸出手，将醉汉拖进铁丝网内。

手心满是汗，滑溜溜的。太阳穴因过度兴奋而痛得嗡嗡作响。肾上腺素在全身奔腾。

雅也将男人靠在铁丝网上。

男人小声地哼哼唧唧，随后缓缓摇头，嘴唇微张。醒了吗？雅也警惕着。男人却再次垂下头打起了呼噜。

雅也舒了一口气。

得先把他嘴巴堵起来，要是带着胶带就好了，还是准备不够充分。下次要提前准备好，确保随时可以行动。

匕首也没有，只有美工刀。不好割吧？雅也甚至都怀疑美工刀能不能划破皮肤。

要不找个石头或砖块先把他拍昏过去，然后再用美工刀割？可没有什么能堵住他嘴巴，万一他突然叫起来可怎么办？啊，手帕，用手帕塞住不就好了吗？手帕，手帕……带手帕了吗？

雅也光是着急，可一旦猎物出现在面前，却不知该从何下手，只是不停出汗，头皮和后背的汗液濡湿了全身，冰冰凉的。

“啊，啊！”男人喊道。

雅也吓得肩膀一缩。男人的脸抽搐着，双眼微微张开。

“啊，这里是……哪儿？家……吗？”

雅也扔下男人，迅速钻出铁丝网，头也不回地向前跑。

也许是跑起来太突然，小腿隐隐作痛，肺部发出嘶鸣。可他没有停下，他不能停下。

被他看到脸了吗？没有，光线很暗，没问题，而且是偶然碰到的，不可能被认出来。再说那家伙喝得烂醉如泥，不可能知道我想对他做什么，包括车上的乘客、列车长，都不知道。

雅也继续跑，什么也不想，只是向前跑。

黑暗包裹着身体，黏糊糊、沉甸甸的。

7

加纳灯里戴着一副红框眼镜，或许是度数太高，显得眼睛比以往小。不过这并不影响雅也觉得她眼睛有神。

雅也强行将灯里拽到学院楼后面，连招呼也没打一声。

他明显感受到灯里很恐惧。不过让他感受更明显的是灯里对他的担心——她眼中的我脸色一定很糟糕吧。昨晚几乎没睡，眼圈一定黑得吓人。

"加纳同学……"

"嗯。"

"你觉得现在的我怎么样？"雅也低声问，"你老实说，觉得怎么样？在你的眼里，我现在是什么样子？"

能回答这个问题的人，他只能想到灯里。

灯里和自己绝对算不上亲近，既不是朋友也不是恋人。两个人单独说话的时间甚至没有超出过五分钟，但雅也总觉得灯里愿意回答自己的问题。

犹豫数秒后，灯里说：

“笕井同学，最近变得更开朗了。

“你说话的时候会看着对方的眼睛，不过度在意周围的眼光，坦坦荡荡。说话的方式和眼神都透露着自信。甚至有点让我想起小学时的你。”

她说着低下头去。

“……可是，我不是很喜欢。”她为难地说，“可能大家都会说现在的你更好……但我比较喜欢以前的你。”

灯里抬起头，眼中充满真挚。

隔着镜片，雅也似乎看见她的眼中闪着泪光。可他还没来得及看得真切，她的眼睛又闭了起来。

“对不起，你不要介意。”

灯里小声说，随后从雅也身边跑开。

雅也之后参加了组会，可内容却完全没有听进脑子。他回到公寓，迅速爬上楼梯，不耐烦地开门，钻进屋子里。

到了该做选择的时候了，雅也心想。

该做什么，不该做什么，必须做好决定，无论将得到多么痛苦的答案。

雅也从包里掏出手机，手在发抖，手机差点掉在地上。他不想在有人的地方打。翻开联系人列表的时间也让他觉得心焦。他太着急了，好几次手指发抖，点错了，又重来。

通话声响起。一声、两声、三声。

“你好，这里是笕井家。”

是妈妈的声音。雅也全身的肌肉放松下来。他放低音调：

“我是雅也。”

“怎么了？”

衿子也放低了声音。

“爸爸在上班吧？奶奶呢？”

“去学剪裁了。你怎么了？发生什么事情了吗？”

雅也本想问“我听上去像是发生什么了吗”，最后还是没开口。算了，刚刚灯里的回答已经足够了，现在他有更想问的事情。不，是必须问的事情。

“希望你能明确回答我，不要逃避。”雅也说，“明确告诉我。他……那个……没错吧？”

“嗯？”

“他——榛村大和……是我的亲生父亲吗？”

雅也感觉到电话那边的衿子屏住了呼吸，听筒传来她喉咙中的微弱声响。

一阵漫长的静寂过后。

“……大和先生，告诉你的吗？”母亲细若蚊蚋的声音传来，“是大和先生告诉你的吧？你上次是不是说大和先生什么都告诉你了？”

“嗯，说了。所以……”

“不要啊……”衿子难过的声音打断了雅也，“不要啊……不是的，不是啊……”

“什么不是？快说啊！什么不是？你不说我怎么知道？你的事情我什么都不知道。”

不对。脑海里有个声音告诉他：这不是妈妈的问题，我对妈妈没有任何了解，是因为自己根本不想了解。在会见榛村之前，我甚至连这种念头也未曾有过。所以现在才会如此惧怕。

“我该怎么说啊……”

衿子沉默着。

母亲在犹豫，她的困惑、迟疑、话到嘴边又咽下去的感觉，雅也隔着电话也能感受到。

“好，我说。”终于，她似乎是放弃了挣扎，低沉着声音说，“首先，你不是大和先生的孩子。”

雅也顿时浑身僵硬。

衿子继续说：“我以前确实喜欢过他。你一定是把自己和

‘那个孩子’误解了吧？我说没能打掉的那个孩子。”

母亲的语气已经毫无顾忌。

“你错了。我当时怀上的不是大和先生的孩子，我们不是那种关系，我和他从来没有发生过关系。而且，当时那个孩子早就已经……”衿子哽咽了一下，继续说，“早就已经死掉了。”

听筒两边都沉默着。

雅也握紧了手机。他闻到自己身上浓烈的汗臭，混合了畏怯与恐惧的味道。世界，不对，是视线，视线开始剧烈摇晃。

“那个孩子生下来不久就死了，真的……是我……是我亲手掐死的。”衿子嗫嚅道。

母亲说她不敢告诉任何人，于是写在了日记上。

她用纸和笔，将一切都倾诉在日记里。那本藏在装满了家人毕业照、奖状、毕业证、相册等杂物的牛皮纸箱最底下的日记。

这件事她只告诉过一个人——带着源自心底的信任，以托付一切的心情告诉了那个人。

衿子将尸体也托付给了那个人。那是一堆小小的、烂糊糊的肉块。那个在厕所产下，还未来得及发出哭声就在痉挛中死去的小小的生命。

衿子当时十五岁，对方是通过织子的志愿者活动认识的。

可以说她是被强奸的。衿子本就月经不调，很晚才意识到怀孕了。可对方谎称单身，实则是有妇之夫。

衿子表明自己怀孕了的时候，对方说：

“有什么证据证明我是孩子的父亲？你要把他生下来做DNA检测吗？你要专门为了这一天在以后的十个月里挺着大肚子小心翼翼地活下去吗？随你便！”

男人根本没当回事儿，并且自那以后就不见了踪影。志愿者登记手册上的地址是假的，电话号码也当天注销了。

衿子不知所措。

她不敢告诉织子女士。织子女士忌讳一切与性有关的事情，一旦发现衿子怀孕了，肯定会把她赶出去。犹豫过后，她把事情告诉了更被织子女士疼爱的榛村大和。

“好的，我知道了。不过后面要怎么办，应该由你决定哦。”他说，“五个多月了对吗？已经不能堕胎了，只能生下来。关键是生下来以后该怎么办。自己赚钱养大？送去福利院？还是用别的办法解决？阿衿，你来选吧。这是你的事情，选择权在你身上哦。”

可衿子无法决定。

对于只是少女的她而言，所有选择都过于残酷。她没有自信能作为单身母亲边工作边养育孩子，也没有勇气把孩子送进福利院。她苦恼，彷徨，痛苦。可时间不等人。

可能是一直系紧腰腹的缘故，衿子的腹部并没有大到能察觉出怀孕的程度。衿子只告诉身边的人她胖了。为了控制体重，她有一顿没一顿地吃饭，做着和以前一样甚至更重的力气活儿。

现在想来，那个孩子无论如何应该都活不久吧。没流产已经很不可思议了。

足月后，孩子生了下来。

夜深人静，在厕所里，孩子吧唧一声掉了下来。衿子捡起孩子，近乎疯狂地掐死，连脐带也没有剪断。随后打电话叫来榛村大和。

“没事的。”赶到女厕的榛村说，“没事的，你的答案就是一切。”

说着，榛村收拾干净剥落的胎盘和脐带，抱起已经一动不动的肉块，说了一声“这个就交给我吧”，然后走了出去。

尸体究竟是怎么处理的，榛村回来后，衿子始终没有问。她也不想知道。

一个多月后，榛村织子知晓了一切。

是其他志愿者告诉了她。等衿子发现时，织子连孩子父亲的身份都知道了。

面对织子的追究和没日没夜的责骂，衿子终于向她坦白了自己受人欺骗、意外怀孕，以及那场秘密生产的全过程。

织子震怒。衿子不断强调那几乎是强奸，可她根本不听。

在织子的命令下，衿子在几天内收拾好了东西，被逐出了公寓。

织子说："我给你做保证人，以后你自生自灭吧。"

第二年，衿子认识了现在的丈夫。

后来，她隐瞒过去的秘密和他结婚，很快就生下了雅也。夫妻关系很快就冷却了，不过她并没有像当年一样被逐出家门。衿子麻木地生活在家庭的边缘，如同一块石头、一件摆设。

有容身之处就好了，此外她别无所求。

"这就是我的半辈子啊。"衿子说。

"大和先生被逮捕的时候，我也很吃惊。不过心里某个地方却并不觉得奇怪。'哦，是啊。'这种感觉。不是意料之中，却也不感到意外。从小他身上就隐约有种莫名的残酷，很会照顾人，但感情淡薄。

"不过我还是对他心存信任。

"一直觉得他不会背叛我。其实我也没有什么根据，但一直就这样相信他。没想到，哼……他竟然给你灌输那种事。"衿子说。

雅也张了张嘴，他好想叫一声妈妈，可终究没有开口。

——原来我不是榛村的孩子。那……他为什么要制造那种误会？

——然后，我为什么……

他想起那个背红色书包的女孩，想起在食堂对女孩的想入非非，想起电车上遇见后带到空地的醉汉。头好痛！太阳穴胀得不堪忍受。

母亲的声音变得异常遥远。

“明明那么相信他……”衿子重复道，“只相信他……不过，什么是对，什么是错，我现在已经分不清楚了。”

母亲的语气中没有丝毫起伏。她的声音冰冷而僵硬，是习惯了被践踏的人才能发出的心如死灰的声音。

“说实话，事到如今，我还在犹豫到底要不要自杀。”

雅也沉默着，不知道该如何回应。

母亲继续说：“还好没有，不然就不能像现在这样和你好好说话了。我也算是难得做了一个正确的选择吧。”

雅也还在听着母亲的话，可已经心不在焉。

简单聊了两三句后，雅也挂断电话。母亲的话在脑海中不停回响。

“什么是对，什么是错，我现在已经分不清楚了。”

我也是啊，他在心中低语。

雅也麻木地走出住处。

没有要去的地方，只是漫无目的地走着。蓝色的天空逐渐被刷上一层浅粉，不久后，零星有橙色混入。他继续走着，直到太阳西沉，被群山吞没，天色完全暗下来。

雅也终于停下了脚步。夜晚早已降临。白晃晃的路灯冷漠地浮在深蓝的夜空下。

他屈膝在路边坐下，沉甸甸的疲劳瞬间压了下来。他将双手插进裤兜，低着头，感觉自己再也无法站起来。浑身无力，手和脚都像是灌了铅，倦怠感占据了全身。

过了很久，他终于缓缓抬起头来。

眼前是闹市区，晚上的样子和白天有微妙的不同。店铺灯光绚烂，手挽着手的情侣与结束工作回家的西装男女目不斜视地擦肩而过。

信号灯变绿，马路对面迎面走来一家人。

他们像是刚从主题公园回来。母亲抱着几个印有角色图案的礼品袋，父亲背着幼小的孩子，孩子像是睡着了。后面是一个七岁左右的小女孩，她牵着气球，蹦蹦跳跳地跟在后面。

多么可爱的少女。

头上的双马尾跟着跳动的步伐上下摇曳。印有角色图案的长袖T恤略显宽松，随着女孩的动作，白皙的肚皮与肚脐不时露出来。然而，雅也毫无感觉。

竟然毫无感觉。

8

整整过去两天，雅也才终于能再次拿起手机。为了回短信，金山一辉的短信。

内容很短，只有四个字：

“想见面聊。”

金山选择了一家距丸正商事不远的咖啡店。

店面小巧，内装和外装都很简约，此时店里没有其他客人。柜台里，穿着围裙的男店员正百无聊赖地玩着手机。

“抱歉，放假时间还劳烦你过来。”

金山摇摇头。

“没事。上次跟你说完离我远点后，我一直在后悔，没想到你会主动提出想见面，真是太好了。”

雅也瞄了一眼窗外。

灰蒙蒙的玻璃窗外，行人往来交织。那条街他前几天刚走过。咖啡店这一侧商务楼林立，大型天桥对面则是一片餐馆与快餐店集中的餐饮区。

金山喝了一口温热的咖啡。

“说实话，好几次我都犹豫要不要主动约你出来。不过我觉得要是人不愿意听，说什么都没用。”他苦笑道，“没想到你竟然会主动来找我。毕竟你，嗯……感觉像是……”

“被榛村蛊惑了？”雅也接道。

“对。”

金山点点头，随后低头看向桌子上自己紧握着的双拳。

“要是我想说的话恰好是你想问的就好了。”

“应该是，我觉得。”雅也回答。

“……五年前的事情，能说一说吗？”

“嗯。”

金山微微收紧下巴，指着窗外那座天桥的出口。

“那天我就在那儿，和榛村大和一起。”

“和榛村？”

“没错，是他叫我出来的。”金山扯动脸颊，笑了笑，“他突然打我电话，说‘公司五点下班对吧？六点见吧，找个地方一起吃饭。要不了多久，到外面吃饭这种奢侈的机会以后可能就没有了’。”

“看来榛村预料到了自己会被逮捕。”雅也说。

“应该是。”金山点点头。

“他喜欢掌握清楚情况后进行支配、控制的感觉。不管发生多么不利的情况，也绝对不会坐视不理。逃避现实导致失去对事态的掌握权对他而言更加‘可怕’。”

“你认识榛村多少年了？”

“二十五年了。”金山当即回答。

见雅也睁大眼，他苦涩地笑了笑。

“吓了一跳是吧？我当时十岁，弟弟八岁，榛村也才十七岁。对二十五年前逃走的猎物，仍旧紧盯不舍，谁能想到啊？我的电话号码、公司名、工作时间、住址，榛村全都了如指掌。我也根本没想到啊！”

“他跟我说他对成年女性和男性没有兴趣……”

“假的。”金山把话挑明，“嗯……也不能说是完全假吧。第一次遇到时就已经成年的话，榛村确实没兴趣。可如果是以前的猎物，那就不一样了。已经承认的以前的猎物，对于他而言仍然具备监禁起来长时间玩弄、杀害的价值，虽然不再‘诱人’，可他的执念也没有完全放下。”

他短暂停顿了一下，突然问雅也：

“你听说过大正时代的一个叫吹上佐太郎的杀人犯吗？”

雅也点点头。

“专门瞄准少女实施强奸并杀害的那家伙是吧？”

“没错。吹上至少强奸了三十人，杀害了六人。他将仅实施过强奸的少女称为‘生离’，已杀害的少女则是‘死别’。法官对他说：‘只要你招，我们可以满足你任何愿望。’他却厚颜无耻地说：‘我还想着那些‘生离’的孩子呢。能不能带一个过来，今晚陪陪我？’

“或许就是这样吧……他们远比常人执着，一旦得到过的东西就永远将其视为所有品。不过我也完全无法否定，谁叫我还是顺从地听从了他呢？哪怕已经过去了二十五年，我还是怕他。”

金山叹了口气，紧握的双拳微微颤抖。

雅也垂下眼帘，端起杯子。咖啡已半凉，表面浮着一层薄薄的油脂。

“我没有父亲。”金山毫无预兆地说，“有，也没有。在父亲眼中，我不是理想的儿子；对我而言，父亲也和我理想的父亲形象相去甚远。榛村，怎么说呢……非常狡猾。他完美地扮演了我渴望的‘父亲’的角色。我被误解了，其实我对他并没有同性间的感情，我当时希望能在他身上得到的完全是纯粹的父爱。”

“我理解。”雅也说。

父亲明明在家里，却始终缺位。无法成为理想的儿子，无法满足期待的痛苦……榛村巧妙地乘虚而入。

“可你弟弟不是很受父亲疼爱吗？”

“比我好一点，不过那也是有条件的，无时无刻不伴随着‘达不到要求，爸爸就不爱你了’的威胁。孩子总能敏感地捕捉到父母的意思。当时弟弟一直跟在我屁股后面，而不是我们的父亲。”

“你们关系很好啊。”

“嗯……不过那终究成了隐患。”金山说，“如果弟弟不跟着我，那些事情就不会发生了。先是我被蛊惑，后来连累了弟弟。榛村逐渐现出原形，成了暴君。可我们离不开他，害怕得到的爱突然间失去。只要我们乖乖听话，榛村就会特别温柔，给我们很多糖。掉进糖罐子里的我们，已经没有勇气面对皮鞭了。”

——不想让我动手的话，你们就互相折磨吧。

——谁做得好就算谁赢，赢了的那一个，我就放过他。

“警察和父母都觉得我们是受到了榛村的威胁，害怕被榛村折磨，所以才互相伤害，弄得对方遍体鳞伤。

“不是的。真相是这样——”

“痛痛的游戏，喜欢吗？”榛村问。

金山摇头。弟弟也是。

“那是……讨厌咯？”

兄弟二人点头。

榛村浮夸地做出为难的样子。

“这可怎么办，那今天是谁来和我玩呢？”

“玩”也就是被他弄疼——当时十岁的金山心里已经很清楚。因为这种事之前已经发生过多次。

“那……你们选吧。”

榛村假装为难地说。他经常这么说话。

“一辉还是大地？是谁呢？”

金山毫不犹豫地指了指弟弟。过了一会儿，哥哥战战兢兢地再次指向弟弟。

榛村微微一笑。

“一辉先回答了。那……今天就和大地玩吧。”

说着他抓起大地的手腕。大地幼小的脸恐惧地扭曲着。

他们没有抗拒的权利。因为这是榛村所希望的，而他们只想乖乖听话，也只能乖乖听话。

不久后，弟弟也开始毫不犹豫地指向哥哥。就这样，兄弟两个互相把对方推上祭台，希望对方代替自己受罪，帮自己承受痛苦。出于自己的意志，自己的选择。

这才是二十五年前的真相。

可年幼的兄弟二人笨嘴拙舌，无法将事情正确地传达给大人们。于是他们被拆散，哥哥被送走。可即使他们分开，每晚梦魇仍在继续。

若是单纯被命令心里还好受一些，可他们是“主动选择”的，基于自己的意志，互相将对方作为祭品送上祭台。带着侥幸、期望，以及自己可以免受痛苦的解脱。

罪恶感每天都深深地折磨着他们。时间愈合了伤口，却无法消解伤痛。

二十五年过去了，噩梦再次出现。

“那天榛村说了，在天桥下……”金山喃喃道，“‘不久后我应该会被逮捕，这次应该免不了死刑，所以我想最后见你一面。’”

榛村轻声细语地反复向他确认：“痛痛的游戏，喜欢吗？”

金山只是摇头。他身体僵硬，浑身冰凉，连声音也无法发出。

榛村微笑着。

“这样啊，那就放过你吧。不过你能选一个代替你的牺牲品吗？谁都行，你自己来选。”

金山被恐惧掌控，无法动弹，也无法思考，只想赶紧逃脱。

“快点！你要不赶紧选的话……”榛村不停念叨。

“你选就好了。”

“快选吧！你有这个权利。”

“不管你怎么选，我都听你的。”

金山的手指不听使唤地移动。

“……那个人。”

伴随干巴的嗓音，金山的手指已经指向了一位陌生女性。和弟弟有几分相似的女性，那个已经二十多年没见过的、长得像妈妈的弟弟。

榛村轻轻拍了拍金山的肩膀：“我知道了。”随后头也不回地离开了。

大约一个月以后，金山听到了他指向的那名女性——根津薰遇难的消息。

“我一直后悔，后悔当时为什么要那么做。”金山抱头埋进桌子，哽咽着说，“是我害死了她，是我当时的随便一指害了她。而且是那么残忍的死法……这和我杀了她有什么区别？都怪我……”

可他无法如实向警方交代。

抱着赎罪的态度，金山联系警方，做证否定了榛村的不在场证明。可良心受到的谴责并未因此消失，他只是想做点什么让榛村尽快归案。

金山没想到他会被要求出庭做证。他惊愕、狼狈，向检方说明原委后争取到了刑事诉讼法一百五十七条之三所规定的遮蔽措施。

榛村大和一审被判处死刑。

“我们总是被榛村‘训练’。”金山低声说，“他说：‘听好了，一定要三秒之内回答我的问题。’他的命令就是绝对的，无法违抗。每次他说‘你们自己选吧’，我们就对他充满感激。通过这种方式，他逼迫我们做出有违本意的选择，然后巧妙地将之嫁祸为我们的自主意识。”

“榛村之所以这么做，是为了用罪恶感将你牢牢绑死，从而永远控制从自己手中逃走的猎物。你是这么想的吗？”雅也问。

“对，我是这么想的。”金山回答，“那座天桥下面，我去过很多次，每次都希望一切能重来，回到那一天的那个地方。可时间无法倒流。因为我的选择，她死了，这无可辩驳。我背弃了弟弟，杀了人。我将背负着这些罪行，永远活在悔恨当中。”

“你这么想，是不是正中榛村大和下怀？”

“是的。”

金山点点头，抬头看着雅也。

“你注意到没有，你也恰好是他理想的猎物。你是不是收到了他从看守所寄的信？”

“呃……没错。”

“我也收到了。我弟弟好像也收到了。估计是他稍微修改一下内容，给好几十个人都寄了。寄给那些他曾经盯上但还没有动手、没有彻底征服的孩子。”

雅也顿感浑身无力。

原来是这样。原来不只有我——出乎意料，又合乎道理。

对榛村而言，是谁都可以。

榛村肯定寄出了几十封信作为诱饵，引诱那些对现状不满，对理想求而不得，为了从过去寻找慰藉而来见他的，曾经的“他的”孩子。对于他而言，只要愿意咬钩，谁都无所谓。因为谁都一样。

原来如此，完全中招了。

雅也脸颊微微抽动。

他顿觉自己的浅薄简直令人发笑，可脸上却连苦笑的表情也挤不出来。

榛村以“冤案”为诱饵，拜托雅也开始调查，借此实现在看守所中依然能动摇金山一辉和吉川大地的目的。

他想再次确认自己即使身陷囹圄也仍然没有丧失支配权——对兄弟二人如此，对雅也亦是。

“能问一个问题吗？”雅也说，“你刚刚提到他经常说‘你们选吧’。他好像对我妈妈也经常这么说，但在我面前却一次也没有说过。他应该是针对不同的对象使用了不同的策略。”

几秒钟的沉默过后，金山平静地说：“原来是这样。”

“也就是说，他连说话习惯也是伪装的。全都是假的，假的！假的！假的！

“事到如今，这反而更容易接受。”金山说。

短短十几分钟时间里，他像是老了很多。应该说是正合乎他的年纪。也许，他终于不再是榛村大和的孩子了。雅也想。

金山突然抬起头，问：“话说，你名片上的名字是真名吗？”

雅也摇摇头。

“事到如今也不需要自报姓名了吧？反正也不会再见了。”

“是啊……没错。”

金山点点头，拿起小票，起身离开。

几乎原封未动的咖啡微微泛起波澜。

9

“你妈妈，她还好吗？”

榛村在透明隔板那边悠然地微笑着说。雅也点头。

“嗯。”

“哦，真可惜。”榛村耸了耸肩，“看你的样子，是全部都听说了吧？”

雅也没有回答。

榛村放声大笑，说：

“按照我的猜测，阿衿应该不会全都告诉你才对。就算说了，关键地方也说不出口。”

“为什么？”

“嗯？”

“为什么你觉得妈妈不会和我说？”

“首先，我很了解她的性格。其次，我知道你们的关系肯定算不上亲密。她愿意和你说什么，不愿意和你说什么，我基本能预料到。”

他停下来，浅笑。

“你可能不想承认，不过你们母子两个都是同一类人，自我意识过剩、敏感，麻木不仁地伤害他人，却极度恐惧自己受伤。不过她……上了年纪后变得和其他人一样厚脸皮了啊。真没意思。”

语气像是丝毫没有把旁边的管教放在眼里。

榛村继续问：

“一辉也见了？”

“嗯。”雅也吸了一口气，生硬地说，“我猜……在天桥下面，你一开始就是计划让金山一辉选她的，对吗？”

这下轮到榛村沉默了。

胜过千言万语的沉默。他含笑的双眼就是再明确不过的回答。

根津薰的朋友说她“很认真，总是特别守时，有些同学甚至因此对她敬而远之”。她的考勤卡上记录着整整齐齐的数字，没有迟到，没有缺勤，严谨到近乎强迫地按照规定的时间活动。

榛村早就知道，她会在那个时间出现在那个地方，于是找准根津薰路过的一瞬间强迫金山做出选择。在他的逼问下，被“教育”过要在三秒之内回答的金山，就这样给出了他设计好的答案。

“她也是吧？”雅也说，“和我还有金山一样，曾经是你的猎物。没错吧？”

根津薰不在同一时间做同一行动就会惴惴不安的充满仪式性的行为习惯、严重的洁癖、逐年恶化的挑食……完全就是受过严重心理创伤的人才会有的行为模式。给根津薰造成如此大心理阴影的，只有榛村大和。

榛村笑了笑。

“在法律上，给杀人者定杀人罪名时最重要的一个条件是‘故意执行某行为致他人死亡’。也就是说，主要看意志。”他慢悠悠地说，“听好了。当时，在那个地方，做出决定的不是我，做出选择的也不是我。如果一切都以是否有杀人意志来判断，根本就不应该由我来承受吧？那个案子我没罪，所以我没有骗你哦。其他八个案子的罪我都认，但第九个我绝不承认。”

雅也无言地盯着榛村。

榛村笑了笑，脸上充满了挖苦与揶揄。

——没错，就是这个表情。小学四年级以后，我开始有了这样的表情。眼神中出现了不屑与嘲笑。雅也心想。

——在我年幼时，无意中给我植入优越感的，正是眼前这个男人。

那份优越感并非源于自然养成的自信，而是由榛村的眼神、态度以及无形的暗示所造就的。

在那之前，雅也的确也是优等生，可并不是“令人讨厌的家伙”，所以才会受到加纳灯里的仰慕。这么多年，原来自己一直被他人单方面植入的精英意识所折磨，真是自作自受。

榛村说："受到父母的虐待，或者家庭的压抑，在强大的压力下长大的孩子，总的来说自尊心都很低。抓住这一点刺激下去，他们很快就会乖乖听话。就像你一样。"

"榛村织子女士也是吗？"雅也说，"发行文库本的时候，是你让她把'养子Y'相关的描述删除的吧？"

"哦？这都被你发现了？"榛村惊叹不已，"当时我还不想太出名，而且还怀有面包师的梦想。我的话织子女士基本全都听了。"

"把我妈妈怀孕的消息告诉她，并且谎称'逼男人和她结婚未果被抛弃'加以煽动的也是你吧？"

"嗯。"

榛村织子也被他蛊惑了。看来……在织子女士身边那段时间停止了杀人这一说法也非常可疑。

榛村继续说："不过，希望你不要误解。关于我的第二个妈妈，给你写的信里我没有撒谎，只是有些事情没有写上去而已。"

雅也稍作迟疑，问道：

"新井实叶子，真的是……呃……那样吗？"

真的是药物过量，是意外吗？

榛村缓缓摇头。

“怎么说呢……不过，你猜的说不定是对的。”他继续说，“她活着也跟死了没什么区别……我做的那些事情里，这可能是唯一正确的。”

片刻时间里，会见室里只能听到管教用笔尖摩擦纸面的声音。

雅也怀疑管教是否正确记录了他们的谈话，还是他只是机械性地记录字句。怎么想答案都是后者。

雅也开口：“长时间以来，我一直很讨厌自己。完全受不了自己，希望能成为除自己以外的别的什么。环境、周围的人，甚至是父母，我否定所有造就了我的东西。你纵容这样的我，把我捧起来，让我做了一个短暂的梦，甚至让我甘于被你同化。”

榛村微笑着说：“其实大家都这样，没有人对现状完全满意，总是向往着‘不是这里的，是别的地方’。不止是我们。”

“你错了。”雅也打断他，“不是‘我们’。”

声音大得令自己都意外。管教微微抬起头。

雅也继续说：“我是在说我自己的事情。”

他不打算将事情告诉警察。金山的事情也好，其他什么事情也好，他想埋在心里。

——这家伙迟早要被吊死。不管他是否认罪，都将在不久的将来作为杀人犯被送上绞刑台。这样的话，根本没有什么我能做的事情。

榛村呼了一口气，摊开双手。

“还有什么想问的吗？这应该是最后一次了，尽管问。”

雅也问道：“为什么要让我去调查你的身世？”

对于现在的榛村而言，他的过去应该是想要抹去的，是耻辱才对。

榛村的表情却没有任何变化。

“你不是也对我‘不幸的身世’产生了同情吗？”他耸了耸肩，“要想拉拢别人，那是最轻松、最有效的办法。人嘛，都热衷于为不幸的孩子抹眼泪。就算我什么都不做，周围的家伙也总是喋喋不休。”

他的脸上浮出一丝冷笑。

雅也继续说：“真的有人跟踪根津薰吗？”

她生前畏惧的男人究竟是谁？

榛村回答：“是她的上司，一个窝囊废，把她吓得很惨，让她成天担惊受怕。那种人渣真的不可原谅。同为男人，连我都愧疚。”

他语气强烈，似乎是认真的，雅也很意外。

雅也把包抱在胸前。

“最后一个问题。”他问，“新井实叶子的手指和指甲好看吗？”

榛村利落地点头。

“以前很好看。临死的时候就不行了。被烟熏得发黄，还有几条脏兮兮的血管，特别丑。手指能反映一个人的素质，指甲则能体现活法。指甲不干净的家伙，干什么都不行。”

他伸出食指端详。

“我最后给你个建议。撒谎的秘诀在于，百分之九十的真话加百分之十的假话。”

榛村微笑着说。雅也点点头。

“知道了，只对最关键的部分撒谎是吧？”

——你给我写的信、说的话也是如此。

这一切，对于榛村而言，无非是漫长牢狱生活中的游戏而已。雅也信还是不信，会不会上当，对榛村而言根本不痛不痒。

榛村已经准备好要接受死刑，所以发起了这场“游戏”。他想尽情享受，直到走上绞刑台的那一刻。

在安全的透明隔板对面，在精神上肆意玩弄、折磨曾经的猎物，确认自己仍旧对他们有支配能力。就像他在那个村庄眺望埋葬有尸体的庭木一样。

用眼睛和耳朵亲自确认自己死后仍将拥有对他们的支配权，这才是他人生最大的乐趣。

毫无疑问，榛村今后还会寄出几百封信，和几十个人会见，为了他的快乐和愉悦。失去对雅也的支配权根本算不了什么，而替代品还有很多。

不过事到如今，怎么都无所谓了，一切都已经与自己无关了。雅也心想。

“再见。”

雅也起身。

榛村回应：“嗯，再见。”

会见室的大门安静地关上。

雅也走出看守所，头顶是刺眼的蔚蓝晴空。他眯起眼睛，礼品店门口站着一个倩影。

他抬起一只手招呼道：“抱歉，等很久了吗？”

“没有。”

加纳灯里微微一笑。她化了淡妆，穿着一双新靴子，挽起雅也的左手，将身体靠过来。

“我们快走吧，不抓紧点水族馆要关门了。”

“嗯。”

这么好的天气，可不能浪费了。他点点头，和灯里并肩而行。

那是一个阳光明媚的秋日晴空。蔚蓝澄澈的天空上，柔软的絮状白云拖着长长的尾巴。火车轰隆隆地驶过高架桥。

“加纳，你笑什么呢？”雅也望着窃笑的灯里问。

“因为很开心啊！筧井同学，我很久很久以前就想和你两个人像现在这样走在一起了。从小学开始，一直到现在。可我没有自信，不敢主动和你说话，总是畏缩不前。”灯里眯着眼睛说，“不过在一个人的建议下，我意识到了，光等待是不行的。那个人说男人有时候需要刺激一下，女人不光要学会用糖，还要学会用鞭子。”

“啊？”

雅也苦笑。

“现在想想，你好像受到了不少刺激呢。”

雅也并不觉得讨厌，只感到安心。

他觉得自己已经被填满，满得恰到好处。解脱感让他发现世间万物熠熠生辉，就连炽热的阳光炙烤后脖颈的感觉都令人惬意。

“我说，‘鞭子’以后还是算了吧。”

“嘿嘿。”

灯里笑了，抱着他的左手依偎得更紧了。她的身体很软，很暖和，充满生气的体温逐渐温热了雅也的胸口。

不知从哪儿飘来一股浓烈的桂花香。

终章

交通灯一转绿，人潮便瞬间涌动。

正值午饭时间，成群结队的上班族走出写字楼，和附近专科大学的学生、结束购物的情侣、完成交班的店员一起，到大街上吃午饭和休息。

走过宽阔的天桥，前面就是门店林立的饮食街。

饮食街上有麦当劳、罗多伦、赛百味等连锁快餐店，便宜大碗的套餐店，最近在杂志上广受好评的咖啡店，还有拉面馆、牛肉盖饭店、家庭餐馆等。人们组成长长的队伍，军队般整整齐齐地走上天桥，向饮食街走去。

同一时刻，距离该路口约一百米外的看守所内，两个男人正面对面坐着。

那是有着厚厚的透明隔板，空间极其逼仄的房间。与其说是房间，不如说更像是一个盒子。会见室里什么也没有，只在窗口前放了一把折叠椅。

“……正如我们之前多次沟通的那样，很难争取到无罪。不过作为主任辩护人，我相信你的主张。对于八个案子的指控，你完全接受，但是对于第九个根津薰的案子，要坚决向高院主张无罪。没错吧？”

“没错，佐村律师。”榛村垂下眼睛，“我完全相信你。我全权交由……不，我将我的生命托付给你。”

他低下头，继续说：“我没有妄想争取无罪。我只是无法忍受别人把不属于我的罪行强加到我头上……仅此而已。”

这个律师事务所年轻的第三代接班人皱起眉头怜悯地盯着榛村。

不食人间烟火的公子哥儿——因为优越的出身与俊俏的容貌，他一路走来受到过无数嘲讽。他个子不算小，却给人一种苗条弱小的印象，仍有几分天真的容貌带着点中性的感觉。

“人生就是一个又一个的选择。”佐村加强语气说，“你选择让我做你的主任辩护人，而我选择了相信你。我一定会亲手证明，我们的选择都是对的。”

他未曾意识到，自己早已对被拿来与爷爷、父亲比较感到厌倦，也从未注意到那份焦躁催生了他的立功心切，以及刚刚的发言只是对眼前这个男人的鹦鹉学舌。

佐村的膝盖上放着厚厚一沓文件，案件资料自不必说，还有上诉所需的各式文件。

榛村交代的各个名单也同样用绳子绑好夹在文件中。

上周，“笕井雅也”的名字刚从收监期的通信名单里划掉，可现在名单中还有二十多个名字，一个叫“加纳灯里”的名字也赫然在列。

榛村点点头。

“谢谢你，佐村律师。没想到我这样的人竟然能得到你如此的厚待。”

白皙的脸庞看上去依旧年轻，如人偶般端正。

他微微一笑。

“要是现在能握握你的手该多好啊。”

解说

——推理评论家　千街晶之

2016年，一场名为“连环杀手展”的展览在东京举办，展览集中展示了海外连环杀手的绘画等作品：假扮成小丑逗孩子们开心的慈善家与凶残杀人魔——以拥有两张面孔著称的约翰·韦恩·盖西为首，罗伯特·布洛克作品《惊魂记》中诺曼·贝茨的原型爱德华·西奥多·盖恩，在全美十三州共计杀害数百人的流浪杀人狂亨利·李·卢卡斯及其帮凶奥蒂斯·艾尔伍德·图勒，带领杀人教团残害女星莎朗·塔特的查尔斯·曼森，以“山姆之子”为名四处杀人放火令纽约市民闻风丧胆的大卫·伯科威茨等，犯罪界“大人物”悉数登场的场面纵然壮观，更令人叹为观止的是银座地下并不宽敞的画廊人满为患，前来观展的队伍从楼梯排到地面，长时间水泄不通。展览大受欢迎后，第二年又趁热打铁举办了“连环杀手展2”。

这一现象令我不禁思考连环杀手给大众带来的魅惑。一般的杀人犯，除当事人外，很快就会被遗忘。可一旦所杀人数增多，杀人犯便会自动带有某种超越性的形象（突然人间蒸发逃脱调查就更不必说了，维多利亚时期震撼整个伦敦的开膛手杰克、旧金山著名连环杀人悬案的凶手——俗称“黄道十二宫杀手”就是其中的典型代表）。不仅是在现实中，托马斯·哈里斯的《红龙》《沉默的羔羊》等作品中的汉尼拔·莱克特博士，电影《七宗罪》中的约翰·多伊[1]，电视剧《嗜血法医》中的德克斯特·摩根，荒木飞吕彦漫画《JOJO的奇妙冒险：不灭钻石》中的吉良吉影等，在虚拟世界中登场的魅力十足的连环杀手数不胜数。

栉木理宇的长篇推理小说《死刑之病》中也有一位连环杀手登场。这本书是关于他的故事，也是为他所魅惑的众人的故事。

主人公筧井雅也本是优等生，后来却只考上三流大学，终日郁郁寡欢，孤独不得志。一天他收到一封信，寄信人竟是世人议论纷纷的杀人狂魔榛村大和。五年前，作为面包房的店主为人友善、深受当地人喜爱的榛村大和，因拷问、杀害多名不

1 英文为“John Doe”，意为某人、无名氏，不代表确切的人名，类似中文的张三李四。

满二十岁的青少年被警方逮捕。警方怀疑他与二十四起命案有关，可得以立案的却只有区区九起。面对审讯，榛村面不改色地陈述："太得意忘形了，所以才会被抓。""重来一次的话，应该不会这么轻慢了。"

以前，还在上小学的雅也是榛村面包店里的常客，榛村似乎还记着他。可为何时隔多年突然来信呢？在好奇心的驱使下，雅也来到看守所，却意外被榛村告知警方立案的九起命案中，二十三岁女性被活活勒死一案是被冤枉的，写信给雅也是希望他重新调查，还自己一个清白。一番犹豫后，雅也还是答应了榛村的请求，之后开始走访那些了解大和过去的人，调查他的经历……

作者栉木理宇1972年生于新潟县，大学毕业后曾在服装厂等处工作，后来提笔创作小说。2012年，其处女作《超自然研究会》获得第19届日本恐怖小说大奖读者奖，自此出道。同年，作品《红与白》获得第25届小说SUBARU新人奖。随着《超自然研究会》的连载，栉木理宇区别于"舒适推理"当属"舒适恐怖"的风格广受欢迎（《超自然研究会》也在2016年被搬上大银幕）。然而在其初出茅庐时的采访中，聊到喜欢的作家，栉木理宇提到了鲁斯·伦德尔和约翰·索尔。她说："比起这种轻松幽默的作品，其实我更擅长稍微有点暗黑的故事（笑）。"如其所言，推理小说《红与白》描绘了与"问题母亲"一起生活的女高中生的憋闷。以《红与白》为首的暗黑小说系列也给她带来了很多读者。在这条创作路线上，栉木理宇的特点是将人们目不忍视的人类心理和社会的阴暗面毫不留情地拿出来暴晒。

如，悬疑小说《避雷针之夏》（2014年）的故事发生在外乡人惨遭迫害的极度封闭的小镇；《下一个家》中，读者看到了一个介入别人家庭，通过精神控制让一家人分崩离析的邪恶人物；《世界被染红那天》（2016年）是关于两位受到霸凌的少年走上复仇之路的故事，是其暗黑路线中最为凄惨的作品；沉重程度与其不相上下的是*FEED*[1]（2016年），残酷地描写了两位在社会底层长大的少女的命运分叉点。

在我看来，本书比《世界被染红那天》和*FEED*更加柔和，但依旧不乏黑暗与残暴要素。而这并不仅仅是因为作品中有一位凶残的连环杀手。随着调查的进行，雅也逐渐了解到榛村大和的过去，缓缓浮出水面的事实简直令人绝望。

大和出生时叫新井大和，他母亲在性事以及其他方面均不检点。被这样的母亲带大，大和受到了来自历任继父的虐待。终于，他走上了犯罪的歧路，极尽残忍地虐待了一名少年和一名少女，并在母亲的葬礼结束后选择自首。从少年刑务所出来

1 *FEED*：《饲养》，作者栉木理宇2016年出版的小说，尚无中文译本，此处中文书名为编者暂译。

后，他被一名从事人权活动的女性收为养子，改姓榛村。养母死后，榛村又开始染手凶恶的犯罪。在周围环境的影响下，天赋异禀的榛村一步步扭曲。

雅也辗转拜访了大和以前的老师、保护司、继父以及他的亲友、同班同学等了解大和过去的人，他们当中有的认为大和是可怜的牺牲者，有的对他嗤之以鼻，在不同的立场与价值观下，对大和的看法也各不相同。有不同见解并不奇怪，但很明显，即使作为穷凶极恶的杀人犯，他也得到了不少同情。尤其是接触过成年大和的人，基本都对他有很好的印象。甚至有人目睹了他虐待少年的现场后依旧没有报警。直到东窗事发，附近的居民始终没有对大和产生一丝怀疑。他身上有某种魔力，很多人被他魅惑（大和的原型估计是作品中亦有提及的美国连环杀手泰德·邦迪吧。邦迪是个残杀了三十多人的穷凶极恶的杀人犯，同时又聪颖过人且长相英俊，拥有很强的魅力属性）。

而经过多次会面，雅也也为大和所魅惑。雅也本是乡下的优等生，进入高中后逐渐力不从心，一蹶不振。他没能考上自己理想的大学，内心又对周围的同学鄙夷不屑，终日郁郁寡欢。优等生时期生根发芽的精英意识经过饱受挫折的日日夜夜，在与大和的重逢后再次悄然生花。

《下一个家》让人联想到北九州和尼崎市实际发生的监禁杀人案，与之相对，在本书登场的是日本较为少见的美式连环杀手，在设定上或许稍欠真实感。不过作者通过将现今笼罩日本的阴郁氛围与狭隘的精英意识的蔓延倾向移植到主人公雅也身上，让故事具备了更加强大的说服力。

看过本文开头提到的“连环杀手展”则会发现，杀手的绘画并没有什么明显的共性。可连环杀手究竟为什么会走上这条路？在这种好奇心的驱使下，人们纷纷参展，试图从他们的作品中读到什么。在这个意义上，连环杀手其实是一面镜子，映射出人们的心理状态。书中的雅也也在与大和的接触中逐渐把自己代入进去。

在作者的精心设计下，大和这一人物的谜团令读者一时难分黑白。而本书最令人拍案叫绝的是，随着调查深入，雅也一步步与大和产生共振的过程与这一设计相映成趣。出场人物对大和的褒贬不一，读者对大和的印象也随之不断反转。在这一铺垫下，最后的结局不禁令读者大呼上当，简直痛快。

如大和所主张的第九位受害者真的不是他杀的吗？不是的话，真正的犯人究竟是谁？虽说雅也在法学院就读，可他毕竟只是个学生，大和为什么要求他为自己翻案？雅也去看守所会见大和时多次见到的谜一样的男人究竟是谁？与雅也有亲密关系的人和大和究竟有什么关系？大和的真面目最后有没有揭开？……真相扑朔迷离，线索盘根错节，请读者们和雅也一起一步步探入这迷宫的核心。

文治

磨铁图书旗下子品牌

更好的阅读

监　　制　潘　良　于　北

产品经理　胡马丽花

文字编辑　王云欢

版权支持　冷　婷　李孝秋　金丽娜

营销支持　金　颖　于　双　温宏蕾

封面设计　609工坊

关注我们

官方微博：@文治图书

官方豆瓣：文治图书

联系我们：wenzhibooks@xiron.net.cn